Cuentos de matrimonios

Cuentos de **matrimonios**

Prólogo de
Claudia Piñeiro

Leopoldo Alas
Sherwood Anderson
Mario Benedetti
Giovanni Boccaccio
Antón Chéjov
Juan Forn
Carlos Fuentes
Francis Bret Harte
Nathaniel Hawthorne
Don Juan Manuel
Clarice Lispector
Katherine Mansfield
Guy de Maupassant
Rosa Montero
Augusto Monterroso
Alberto Moravia
León Tolstoi

ALFAGUARA

© De esta edición: Aguilar, Altea, Taurus, Alfaguara, S. A. de Ediciones, 2010
Av. Leandro N. Alem 720 (1001) Ciudad de Buenos Aires
www.alfaguara.com.ar

Prólogo, De mitos y matrimonios
© Claudia Piñeiro

De los cuentos:

La imperfecta casada
© Leopoldo Alas

La muerte
© Anderson, Sherwood
© De la traducción, Armando Ros

Los pocillos
© Mario Benedetti
c/o Guillermo Schavelzon & Asoc., Agencia Literaria
info@schavelzon.com

La dama doblemente traicionada
© Giovanni Boccaccio
© De la traducción, Ernesto Alberola

Una 'Ana' colgada al cuello
© Antón Chéjov
© De la traducción, E. Podgurski y A. Aguilar

El karma de ciertas chicas
© Juan Forn, 1991

Calixta Brand
© Carlos Fuentes, 2003

Una noche en Wingdam
© Harte, Francis Bret
© De la traducción de D. E. de Vaudrey y D. F. de Arteaga

Wakefield
© Nathaniel Hawthorne
© De la traducción, Ana María Torres

De lo que sucedió a un joven que se casó
con una mujer violenta y de mal carácter
© Don Juan Manuel
© Revisión del texto, Frida Weber de Kurlat

La imitación de la rosa
© Herederos de Clarice Lispector, 2009
© De la traducción, Cristina Peri Rossi

El día del señor Reginald Peacock
© Katherine Mansfield
© De la traducción, Mirta Rosenberg

Mi mujer
© Guy de Maupassant
© De la traducción, Julia Saltzmann

Las bodas de plata
© Rosa Montero, 1998

Movimiento perpetuo
© Augusto Monterroso, 1972

No ahondes
© R.C.S. Libri S.p.A., Milan
Bompiani 1954-2009
© De la traducción, Mónica Herrero

Pobres gentes
© León Nikolaiévich Tolstoi
© Versión directa del ruso y notas,
Irene y Laura Andresco

ISBN 978-987-04-1421-6
Hecho el depósito que indica la ley 11.723

Diseño de tapa: Claudio Carrizo
Imagen de tapa: Guillermo Martí Ceballos, *Pareja en el tren*, óleo sobre madera,
101 x 70 cm, 2003

Impreso en Uruguay - *Printed in Uruguay*
Primera edición: abril de 2010

Cuentos de matrimonios / Leopoldo Alas Clarín ... [et.al.]. - 1a ed. -
Buenos Aires : Aguilar, Altea, Taurus, Alfaguara, 2010.
    288 p.; 24x15 cm.

    ISBN 978-987-04-1421-6

    1. Antología de Cuentos. I. Alas Clarin, Leopoldo
CDD 863

Índice

De mitos y matrimonios

De tanto en tanto, en mi familia se repetía un relato: el que contaba el casamiento de mis abuelos paternos. Hasta que un día ese relato dejó de lado el mito y apareció la anécdota verdadera, sin dudas mucho más interesante que el mito anterior. Es que cada familia alimenta su propia mitología para tener de dónde aferrarse, pilares sobre los que construye su historia tanto como lo hace sobre el apellido, los genes, la herencia o, en el mejor de los casos, el amor. Esos relatos se repiten de generación en generación, y en cada repetición se adornan, se recrean, crecen, hasta que un día alguien, generalmente el "loco" de la familia, pone en duda su veracidad. Entonces caben dos posibilidades: o el mito cae o se acrecienta hasta el infinito.

En el caso de mi familia el mito reaparecía cada vez que llegaba a nuestra casa la noticia de la boda de algún pariente o amigo, y si bien era una historia corta y sencilla, los silencios y las miradas de los adultos dejaban sospechar que detrás del relato oficial se escondía algún secreto. Durante algunos años poco supimos. Solo que fue en España, en Portosín, su pueblo, y que para su luna de miel mis abuelos viajaron a Porto do Son. Más allá de la gracia que nos causaba que alguien viviera en un lugar y fuera de luna de miel a otro de nombre tan parecido —apenas una consonante y dos vocales de diferencia, de Portosín a Portosón—, antes de mi generación nunca nadie dudó acerca de la veracidad del relato. Hasta que un día, mirando el mapa de Galicia, alguno de mis primos se dio cuenta de que esas ciudades eran demasiado cercanas como para justificar un viaje de luna de miel. Preguntamos a unos y a otros, hasta que una tía —siempre hay una tía por la que se filtran los secretos familiares— se atrevió a contarnos la verdadera historia. Y la verdadera historia es más o menos así: mi abuela María estaba enamorada de mi abuelo Gumersindo, pero su padre se oponía a la relación. Los motivos eran clarísimos para cualquiera que viviera en Portosín: mi abuelo no trabajaba la tierra, no cosechaba viñedos, no criaba animales ni era pescador. "Un hombre que no usa las manos para trabajar", decía mi bisabuelo, "es un vago, y no es digno de casarse con mi hija ni con la de nadie". Sin embargo Gumersindo contaba con un saber que el padre de mi abuela menospreciaba pero que seguramente fue de lo que ella más se enamoró: él era la única persona del pueblo, además del cura, que sabía leer y escribir. Por eso Gumersindo en lugar de trabajar la tierra se ocupaba de hacer trabajos que hoy podrían adjudicarse a un escribano o a un contable, y de leer de favor las cartas que les llegaban a los vecinos del pueblo que, a diferencia de él, no podían descifrarlas. "Un vago", volvería a decir mi bisabuelo hasta el cansancio. Así las cosas, mis abuelos estaban enamorados y se querían casar, pero no conseguían el consentimiento de los padres de María. Y parecía que no lo iban a conseguir a menos que hicieran un acto heroico o una locura, medidos heroísmo o locura con la vara del tiempo y el lugar donde les tocó vivir su historia de amor. Entonces un día, al caer la tarde, se fugaron; no se fueron lejos, apenas a un pueblo vecino del que los separaban dos vocales y una consonante, Porto do Son. Y al día siguiente mi bisabuelo recibió una carta. La carta la firmaba mi abuela, pero sin dudas la había escrito mi abuelo. No pudo leerla, claro. Necesitó ayuda, tuvo que ir a ver a la única otra persona del pueblo que además de mi abuelo Gumersindo podía leerla para él: el cura. Y el cura leyó: "Querido padre: hemos dormido juntos en Porto do Son, en una misma cama, ¿podemos ahora casarnos? Tu hija María". Mi bisabuelo escuchó al cura, esperó que doblara la carta y se la entregara otra vez, luego dio las gracias y se fue de la iglesia sin decir nada más, sin rezar ni santiguarse. Y mi abuela y mi abuelo, poco después, se casaron.

¿Habría cambiado la historia de mi familia si ellos no se hubieran casado legalmente? ¿Se habrían casado igual sin el consentimiento paterno? ¿Habría sido llamada *matrimonio* la pareja de mis abuelos si no hubieran podido cumplir con las formalidades? ¿Habrían tenido los mismos hijos, emigrado a la Argentina, vivido la vida que vivieron? Seguramente sí, aunque la "legalidad" les debe haber hecho más fáciles algunos trámites y permitido dar menos explicaciones. Otros tiempos.

Es probable que hoy, aunque dejemos de lado las distintas opiniones acerca del significado, valor y vigencia de la institución matrimonial, tampoco nos pongamos de acuerdo sobre el significado mismo de la palabra matrimonio. El lenguaje es un viaje, y muchas palabras están *en tránsito*. Son las palabras que nombran materia viva; palabras que definen elementos, conceptos, objetos, acciones, cualidades o sentimientos que cambian —algunos lenta, otros vertiginosamente— en tiempo y espacio. Palabras que ruedan, se mueven, exploran, pero sin alcanzar nunca el destino que buscan. Hay momentos históricos en los que esas palabras parecen estar más cerca de una definición unívoca, y otros en los que parecen estar irremediablemente lejos. La palabra *matrimonio* es un ejemplo casi paradigmático de palabra *en tránsito*. ¿Quién se atrevería a dar hoy una definición cerrada de la palabra *matrimonio*? ¿Qué queremos nombrar cuando decimos *matrimonio*? Más allá de la definición del Diccionario de la Real Academia Española, "unión de hombre y mujer concertada mediante determinados ritos o formalidades legales", ¿dos personas diferentes, en distintos lugares del mundo, llaman *matrimonio* a la misma cosa?

Etimológicamente, la palabra viene del latín, *matrimonium*, quiere decir algo así como "calidad de madre" y se consolida a partir del Derecho Romano con la intención de darle legalidad a la mujer que abandona su familia de origen para tener hijos con otro hombre, quien vendría a ser, gracias a la institución matrimonial, su padre "legítimo". Más allá de la perimida cuestión de "pertenencia" de la mujer al hombre —padre o marido— que plantea el origen del término, el Derecho Romano parece estar cada vez más desactualizado. Así como desde los orígenes de la humanidad siempre estuvo claro quién es la madre de un niño que nace, hoy, ADN mediante, también puede estar claro, si uno quiere enterarse, quién es el padre. Con solo hacer un análisis de sangre, de uñas, de un pelo con raíz o de un cepillo de dientes o chicle que conserve saliva de quien lo haya usado, alguien puede saber con certeza y sin necesidad de la institución matrimonial si es hijo o no de otro. Muy lejos del Derecho Romano sí.

Por otra parte los usos y costumbres han hecho que se utilice la palabra *matrimonio* en forma más extensiva, aun contradiciendo su definición original —"...mediante determinados ritos y formalidades legales"— cuando la pareja no está casada legalmente o —"unión de hombre y mujer"— cuando se trata de personas de un mismo sexo. Hay quienes lo aprueban, hay quienes se horrorizan, hay quienes, aun incluidos en esa definición de matrimonio, rechazan con vehemencia pertenecer a esa categoría. Palabras en tránsito, instituciones en tránsito, personas en tránsito. Junto al lenguaje, la realidad y todos nosotros viajamos.

Pero allí donde no se puede definir lo indefinible, está la literatura. Un cuento, una novela, una obra de teatro, pueden contarnos mucho más del matrimonio que una definición sacada del diccionario. Una clase magistral acerca de cómo la literatura puede ayudar a entender allí donde los medios, los textos de no ficción o los expertos no logran acercarnos a lo incomprensible nos la dio Amos Oz cuando pronunció su discurso de aceptación del premio Príncipe de Asturias de las Letras en 2007. No hablaba del matrimonio sino de la guerra, y en este punto no busquen asociaciones que no existen más allá del poder de la literatura para meterse en nuestra cabeza y contarnos del mundo y de nosotros mismos. Dijo Oz: "Si son simples turistas, tal vez se paren en una calle del casco antiguo de una ciudad, frente a una vieja casa, alcen los ojos y vean una mujer mirando con fijeza desde su ventana. Entonces, seguirán su camino. En cambio, si son lectores, podrán ver a esa mujer en la ventana, pero estarán allí, con ella, dentro de su habitación, dentro de su cabeza. (...) La mujer en la ventana podría ser una palestina en Nablus o una israelí judía en Tel Aviv. Si quieren ayudar a que estas dos mujeres, en sendas ventanas, hagan las paces, les convendría leer más acerca de ellas. (...) Más aún: ya es hora de que cada una de estas mujeres lea acerca de la otra. Para aprender, por fin, por qué esa otra mujer, desde su ventana, siente miedo, ira o esperanza".

Parafraseando a Amos Oz, si quieren intentar entender qué es el matrimonio o aceptar que irremediablemente nunca terminaremos de entenderlo del todo; si quieren comprender a los hombres y mujeres metidos dentro de esa institución, sus verdades y sus mentiras, lo que dicen y lo que callan, sus sentimientos, sus desesperanzas, y también su consuelo, lean los cuentos incluidos en esta antología. Encontrarán diversos puntos de vista: maridos que sienten que sus mujeres se convierten en un peligro, como en el cuento "Calixta Brand", de Carlos Fuentes; hombres entrañables, hartos de las mujeres, pero a la vez condenados a vivir enamorados de ellas, como el que Juan Forn cuenta en "El karma de ciertas chicas"; hijos obsequiosos que se empecinan en festejar el aniversario de sus padres, como en "Las bodas de plata", de Rosa Montero. Se sumergirán en la desolación de una mujer casada contada en voz baja por Clarice Lispector en "La imitación de la rosa"; pero también en la extraña forma en que un hombre escapa de esa desolación en el "Wakefield" de Nathaniel Hawthorne. Y más.

Distintas historias, distintos autores, distintos personajes, en definitiva, distintas mujeres y hombres mirando desde su ventana para contarnos algo que conocemos tan bien, pero que no siempre terminamos de entender.

Las familias crean sus propias leyendas. Los matrimonios también. Y la literatura las cuenta para nosotros.

CLAUDIA PIÑEIRO

Movimiento perpetuo

Augusto Monterroso

> Papé Satán, papé Satán aleppe!
> Dante, *Infierno*, VII

—¿Te acordaste?

Luis se enredó en un complicado pero en todo caso débil esfuerzo mental para recordar qué era lo que necesitaba haber recordado.

—No.

El gesto de disgusto de Juan le indicó que esta vez debía de ser algo realmente importante y que su olvido le acarrearía las consecuencias negativas de costumbre. Así siempre. La noche entera pensando no debo olvidarlo para a última hora olvidarlo. Como hecho adrede. Si supieran el trabajo que le costaba tratar de recordar, para no hablar ya de recordar. Igual que durante toda la primaria: ¿Nueve por siete?

—¿Qué te pasó?

—¿Que qué me pasó?

—Sí; cómo no te acordaste.

No supo qué contestar. Un intento de contraataque:

—Nada, se me olvidó.

—¡Se me olvidó! ¿Y ahora?

¿Y ahora?

Resignado y conciliador, Juan le ordenó o, según después Luis, quizá simplemente le dijo que no discutieran más y que si quería un trago.

19

Sí. Fue a servirse él mismo. El whisky con agua, en el que colocó tres cubitos de hielo que con el calor empezaron a disminuir rápidamente aunque no tanto que lo hiciera decidirse a poner otro, tenía un sedante color ámbar. ¿Por qué sedante? No desde luego por el color, sino porque era whisky, whisky con agua, que le haría olvidar que tenía que recordar algo.

—Salud.

—Salud.

—Qué vida —dijo irónico Luis moviéndose en la silla de madera y mirando con placidez a la playa, al mar, a los barcos, al horizonte; al horizonte que era todavía mejor que los barcos y que el mar y que la playa, porque más allá uno ya no tenía que pensar ni imaginar ni recordar nada.

Sobre la olvidadiza arena varios bañistas corrían enfrentando a la última luz del crepúsculo sus dulces pelos y sus cuerpos ya más que tostados por varios días de audaz exposición a los rigores del astro rey. Juan los miraba hacer, meditativo. Meditaba pálidamente que Acapulco ya no era el mismo, que acaso tampoco él fuera ya el mismo, que solo su mujer continuaba siendo la misma y que lo más seguro era que en ese instante estuviera acariciándose con otro hombre detrás de cualquier peñasco, o en cualquier bar o a bordo de cualquier lancha. Pero aunque en realidad no le importaba, eso no quería decir que no pensara en ello a todas horas. Una cosa era una cosa y otra otra. Julia seguiría siendo Julia hasta la consumación de los siglos, tal como la viera por primera vez seis años antes, cuando, sin provocación y más bien con sorpresa de su parte, en una fiesta en la que no conocía a casi a nadie, se le quedó viendo y se le aproximó y lo invitó a bailar y él aceptó y ella lo rodeó con sus brazos y comenzó a incitarlo arrimándosele y buscándolo con las piernas y acercándosele suave pero calculadoramente como para que él pudiera sentir el roce de sus pechos y dejara de estar nervioso y se animara.

—¿Te sirvo otro? —dijo Luis.

—Gracias.

Y en cuanto pudo lo besó y lo cercó y lo llevó a donde quiso y le presentó a sus amigos y lo emborrachó y esa misma noche, cuando aún no sabían ni sus apellidos y cuando como a las tres y media de la mañana ni siquiera podía decirse que hubieran acabado de entrar en su departamento —el de ella—, sin darle tiempo a defenderse aunque fuera para despistar, lo arrastró hasta su cama y lo poseyó de tal forma que cuando él se dio cuenta de que ella era virgen apenas se extrañó, no obstante que ella lo dirigió todo, como ese y el segundo, el tercero y el cuarto años de casados, sin que por otra parte pudiera afirmarse que ella tuviera nada, ni belleza, ni talento, ni dinero; nada, únicamente aquello.

—El hielo no dura nada —dijo Luis.

—Nada.

Únicamente nada.

Julia entró de pantalones, con el cabello todavía mojado por la ducha.

—¿No invitan?

—Sí; sírvete.

—Qué amable.

—Yo te sirvo —dijo Luis.

—Gracias. ¿Te acordaste?

—Se le volvió a olvidar; qué te parece.

—Bueno, ya. Se me olvidó y qué.

—¿No van a la playa? —dijo ella.

Bebió su whisky con placer: no hay que dejar entrar la cruda.

Los tres quedaron en silencio. No hablar ni pensar en nada. ¿Cuántos días más? Cinco. Contando desde mañana, cuatro. Nada. Si uno pudiera quedarse para siempre, sin ver a nadie. Bueno, quizá no. Bueno, quién sabía. La cosa estaba en acostumbrarse. Bien tostados. Negros, negros.

Cuando la negra noche tendió su manto pidieron otra botella y más agua y más hielo y después más agua y más hielo. Empezaron a sentirse bien. De lo más bien. Los astros tiritaban azules a lo lejos en el momento en que Julia propuso ir al Guadalcanal a cenar y bailar.

—Hay dos orquestas.

—¿Y por qué no cuatro?

—¿Verdad?

—Vamos a vestirnos.

Una vez allí confirmaron que tal como Juan lo había presentido para el Guadalcanal era horriblemente temprano. Escasos gringos por aquí y por allá, bebiendo tristes y bailando graves, animados, aburridos. Y unos cuantos de nosotros alegrísimos, cuándo no, mucho antes de tiempo. Pero como a la una principió a llegar la gente y al rato hasta podía decirse, perdonando la metáfora, que no cabía un alfiler. En cumplimiento de la tradición, Julia había invitado a Juan y a Luis a bailar; pero después de dos piezas Juan ya no quiso y Luis no era muy bueno (se le olvidaban, afirmaba, los pasos y si era mambo o rock). Entonces, como desde hacía uno, dos, tres, cuatro años, Julia se las ingenió para encontrar con quién divertirse. Era fácil. Lo único que había que hacer consistía en mirar de cierto modo a los que se quedaban solos en las otras mesas. No fallaba nunca. Pronto vendría algún joven (nacional, de los nuestros) y al verla rubia le preguntaría en inglés que si le permitía, a lo que ella respondería dirigiéndose no a él sino a su marido en demanda de un consentimiento que de antemano sabía que él no le iba a negar y levantándose y tendiendo los brazos a su invitante, quien más o menos riéndose iniciaría rápidas disculpas por haberla confundido con una norteamericana y se reiría ahora desconcertado de veras cuando ella le dijera que sí, que en efecto era norteamericana, y pasaría aún otro rato cohibido, toda vez que a estas alturas resultaba obvio que ella vivía desde muchos años antes en el país, lo que convertía en francamente ridículo cualquier intento de reiniciar la plática sobre la manoseada base de si llevaba mucho tiempo en México y de si le gustaba México. Pero entonces ella volvería a darle ánimo mediante la infalible táctica de presionarlo con las piernas para que él comprendiera que de lo que se trataba era de bailar y no de hacer preguntas ni de atormentarse esforzándose en buscar temas de conversación, pues, si bien era bonito sentir placer físico, lo que a ella más le agradaba era dejarse llevar por el pensamiento de que su marido se hallaría sufriendo como de costumbre por saberla en brazos de otro, o imaginando que aplicaría con este ni más ni menos que las mismas tácticas que había usado con él, y que en ese instante

estaría lleno de resentimiento y de rabia sirviéndose otra
copa, y que después de otras dos se voltearía de espaldas
a la pista de baile para no ver la archisabida maniobra
de ellos consistente en acercarse a intervalos prudenciales
a la mesa separados más de la cuenta como dos inocentes palomas y hablando casi a gritos y riéndose con él
para en seguida alejarse con maña y perderse detrás de
las parejas más distantes y abrazarse a su sabor y besarse
sin cambiar palabra pero con la certeza de que dentro
de unos minutos, una vez que su marido se encontrara completamente borracho, estarían más seguros y el
joven nacional podría llevarlos a todos en su coche con
ella en el asiento delantero como muy apartaditos pero
en realidad más unidos que nunca por la mano derecha
de él buscando algo entre sus muslos, mientras hablaría
en voz alta de cosas indiferentes como el calor o el frío,
según el caso, en tanto que su marido simularía estar más
ebrio de lo que estaba con el exclusivo objeto de que ellos
pudieran actuar a su antojo y ver hasta dónde llegaban,
y emitiría de vez en cuando uno que otro gruñido para
que Luis lo creyera en el quinto sueño y no pensara que
se daba cuenta de nada. Después llegarían a su hotel y
su marido y ella bajarían del coche y el joven nacional se
despediría y ofrecería llevar a Luis al suyo y este aceptaría
y ellos les dirían alegremente adiós desde la puerta hasta
que el coche no arrancara, y ya solos entrarían y se ser-
virían otro whisky y él le recriminaría y le diría que era
una puta y que si creía que no la había visto restregán-
dose contra el mequetrefe ese, y ella negaría indignada y
le contestaría que estaba loco y que era un pobre celoso
acomplejado, y entonces él la golpearía en la cara con

la mano abierta y ella trataría de arañarlo y lo insultaría enfurecida y empezaría a desnudarse arrojando la ropa por aquí y por allá y él lo mismo hasta que ya en la cama, empleando toda su fuerza, la acostaría boca abajo y la azotaría con un cinturón destinado especialmente a eso, hasta que ella se cansara del juego y según lo acostumbrado se diera vuelta y lo recibiera sollozando no de dolor ni de rabia sino de placer, del placer de estar una vez más con el único hombre que la había poseído y a quien jamás había engañado ni pensaba engañar jamás.

—¿Me permite? —dijo en inglés el joven nacional.

El día del señor Reginald Peacock

Katherine Mansfield

No había nada que odiara más que el modo en que ella lo despertaba de mañana. Lo hacía a propósito, por supuesto. Era su modo de arruinarle el día, y él no iba a permitirle que adivinara hasta qué punto tenía éxito. Pero verdaderamente, verdaderamente, despertar así a una persona sensible era absolutamente peligroso. Tardaba horas, horas, en recuperarse. Ella entraba al cuarto embutida en una bata y con un pañuelo atado en la cabeza —para demostrarle que desde el amanecer trabajaba como una esclava— y lo llamaba con voz fuerte y admonitoria:

—¡Reginald!

—¡Eh! ¿Qué? ¿Qué pasa?

—Es hora de levantarse, las ocho y media.

Y salía cerrando la puerta con suavidad, para irse a saborear el triunfo, suponía él.

Entonces él se daba vuelta en la enorme cama, con el corazón aún agitado y, con cada latido, sentía que su energía huía de él, que su... su inspiración para ese día se ahogaba en cada uno de esos palpitantes latidos. Parecía como si ella se regocijara malvadamente en hacerle la vida más difícil de lo que ya era —y Dios bien sabe que lo era—, en negarle sus derechos de artista, tratando de hacerlo descender a su nivel. ¿Qué le pasaba? ¿Qué demonios quería? ¿Acaso no tenía él tres veces más alumnos ahora que cuando se casaron, acaso no ganaba tres veces más y no había pagado hasta la última cosa que poseían, no se desangraba ahora para enviar a Adrián al jardín de infantes...? ¿Y acaso le había reprochado alguna vez que cuando se casaron ella no aportó ni un penique? Jamás le dijo una palabra. ¡Jamás! La verdad era que cuando una mujer se casaba se volvía insaciable, y la verdad era que no había nada más fatal que el matrimonio para un artista, al menos mientras tuviera menos de cuarenta años... ¿Por qué se había casado con ella? Se hacía esa pregunta un promedio de tres veces al día, pero jamás había podido responderla satisfactoriamente. Lo había pescado en un momento de debilidad, cuando su primer contacto con la realidad lo había dejado perplejo y atontado por un tiempo. Mirando hacia atrás, él se veía como una criatura joven y patética, casi un niño, como un pájaro domesticado a medias, totalmente incompetente para hacer frente a deudas y acreedores y a todos los sórdidos detalles de la existencia. Bien... ella había hecho todo lo posible para cortarle las alas, si es que eso le causaba alguna satisfacción, y bien que podía felicitarse por el éxito de su ardid matutino. Uno, pensaba él, debería despertarse exquisitamente, resistiéndose, deslizándose de la cama tibia. Empezó a imaginar una serie de encantadoras escenas que culminaron cuando su alumna más atractiva le rodeaba el cuello con sus brazos desnudos y perfumados y le decía, cubriéndolo con su pelo largo: "¡Despierta, mi amor!".

Como era habitual en él, Reginald Peacock probó su voz mientras se calentaba el agua del baño:

El día del señor Reginald Peacock

Cuando la madre la pone frente al risueño espejo,
Atándole lazos, recogiéndole el cabello.

Empezó cantando bajito, escuchando la calidad de su voz hasta que llegó a la tercera línea:

A menudo se pregunta si se casará este esperpento.

Y en la palabra "casará" rompió en un grito triunfal tan intenso que el vaso del botiquín tembló y hasta la bañera pareció prorrumpir en un borboteante aplauso...

Bien, su voz no tenía nada de malo, pensó, saltando al interior de la bañera y enjabonándose el cuerpo suave y rosado con una esponja con forma de pescado. ¡Con esa voz podría llenar el Convent Garden! "¡Casará!", volvió a gritar, asiendo la toalla con un magnífico gesto operístico y siguió cantando mientras se restregaba como si fuera Lohengrin sacado del agua por un incauto cisne y se estuviera secando apuradísimo antes de que apareciera aquella cansadora Elsa...

De vuelta en la habitación, levantó la persiana de un tirón y, de pie en el pálido cuadrado de sol que cubría la alfombra como un pedazo de cremoso papel secante, empezó a hacer sus ejercicios... profundas inspiraciones, flexiones hacia adelante y hacia atrás, saltos de rana seguidos de un brusco estiramiento de las piernas... porque si algo lo horrorizaba era la posibilidad de engordar, y los hombres de su profesión tenían una espantosa tendencia a la obesidad. Sin embargo, hasta ahora no había en su cuerpo ningún indicio de gordura. Estaba, decidió, en el justo punto, bien proporcionado.

En verdad no pudo reprimir un involuntario estremecimiento de satisfacción al verse reflejado en el espejo vestido con su chaqueta, pantalones de color gris
oscuro, medias negras y corbata negra con una raya
plateada. No porque fuera vanidoso —no toleraba a
los hombres vanidosos—, no, en absoluto, sino que su
imagen le producía un estremecimiento causado por la
pura satisfacción artística.

—¡*Voila tout*! —dijo, pasándose la mano por el pelo
alisado.

La sencilla frasecita francesa salió con tanta ligereza
de sus labios, como si fuera una bocanada de humo,
que le recordó que alguien había vuelto a preguntarle
la noche anterior si era inglés. A la gente le parecía imposible que por sus venas no corriera sangre del continente.
Si bien era cierto que su canto poseía una cualidad emo-
cional que no tenía nada que ver con los descendientes de
John Bull... El picaporte repiqueteó y empezó a moverse. Apareció la cabecita de Adrián.

—Por favor, papá, mamá dice que el desayuno ya
está listo.

—Muy bien —dijo Reginald. Y después, cuando
Adrián ya desaparecía—: ¡Adrián!

—¿Sí, papá?

—No me has dicho "Buenos días".

Pocos meses antes Reginald había pasado un fin
de semana en la casa de una familia muy aristocrática,
donde el padre recibía a sus hijitos todas las mañanas y
les estrechaba la mano. El hábito le había parecido
encantador y lo introdujo inmediatamente, pero Adrián
se sentía tremendamente tonto por tener que estrecharle

la mano a su propio padre todas las mañanas. ¿Y por qué su padre no le hablaba como todo el mundo? Siempre parecía como si cantara...

De excelente humor, Reginald se dirigió al comedor y se sentó ante una pila de cartas, un ejemplar de *The Times* y un plato tapado. Echó primero una ojeada a las cartas y luego a su desayuno. Allí había dos delgadas tajadas de tocino y un huevo.

—¿Tú no comes tocino? —preguntó.

—No, prefiero una manzana al horno, fría. No siento la necesidad de comer tocino todas las mañanas —respondió ella.

Veamos, ¿quería decir que en realidad él tampoco tenía necesidad de comer tocino todas las mañanas, y que le molestaba tener que cocinarlo para él?

—Si no quieres cocinar para el desayuno —dijo él—, ¿por qué no tomas una criada? Sabes que podemos hacerlo y sabes también que aborrezco ver a mi esposa haciendo ese trabajo. Solo porque todas las criadas que hemos tenido en el pasado han demostrado ser un fracaso, trastornando completamente mi régimen y haciendo casi imposible que diera aquí mis lecciones, has renunciado a buscar una criada adecuada. No es imposible entrenar a una criada, ¿verdad? Quiero decir, no hay que ser un genio para ello, ¿verdad?

—Pero yo prefiero hacer todo el trabajo sola, la vida es mucho más tranquila así... Apúrate, Adrián, prepárate para la escuela.

—¡Oh, no es eso! —dijo Reginald, fingiendo una sonrisa—. Tú haces sola todo el trabajo porque, por alguna extrañísima razón, te encanta humillarme.

Objetivamente tal vez no te des cuenta, pero subjetivamente así es la cuestión.

Este último comentario lo complació tanto que abrió una de sus cartas con tanta gracia como si estuviera en escena...

Estimado señor Peacock:

No puedo dormirme sin agradecerle otra vez el maravilloso deleite que su canto me proporcionó esta noche. Me pareció inolvidable. Hizo que me preguntara, como no lo hacía desde que era una niña, si esto será todo. Quiero decir, si este mundo corriente será todo. Si no habrá, tal vez, para aquellos de nosotros que comprendemos, divinas bellezas y riquezas esperándonos si es que tenemos el valor de verlas. Y de hacerlas nuestras... La casa está muy silenciosa. Querría que usted estuviera aquí ahora para poder agradecerle personalmente. Su trabajo es grandioso. ¡Le está enseñando al mundo a escapar de la vida!

Suya, afectísima,
Enone Fell

P.D.: Esta semana estaré todas las noches en casa...

La carta estaba escrita con tinta violeta sobre papel de hilo. La vanidad, ese pájaro esplendoroso, volvió a abrir las alas y las levantó hasta que sintió que su pecho se rompía.

—Oh, no discutamos —dijo él y le alargó una mano a su mujer.

Pero ella no era lo suficientemente noble para responder a su gesto.

—Debo apurarme para llevar a Adrián a la escuela —dijo—. Ya te he dejado el estudio en condiciones.

Muy bien... muy bien... ¡Aceptaba la guerra abierta! ¡Pero que lo ahorcaran si era él el primero en hacer las paces!

Caminó de arriba abajo por su estudio, pero no logró calmarse hasta no oír que se cerraba la puerta del frente. Por supuesto que, si esto seguía así, tendría que tomar otras medidas. Eso era obvio. Así atado y esclavizado, ¿cómo podría ayudar al mundo a escaparse de la vida? Abrió el piano y revisó su lista de alumnos para esa mañana. La señorita Betty Brittle, la condesa Wilkowska y la señorita Marian Morrow. Las tres eran encantadoras.

A las diez y media en punto sonó el timbre. Fue a abrir. Allí estaba la señorita Betty Brittle, vestida de blanco, con las partituras en una bolsa de seda azul.

—Me temo que he llegado temprano —dijo, sonrojándose con timidez y abriendo muy grandes sus ojos azules—. ¿Es temprano?

—En absoluto, mi querida dama. Me alegra muchísimo —dijo Reginald—. ¿Quiere pasar?

—Es una mañana paradisíaca —dijo la señorita Brittle—. He venido caminando por el parque. Las flores eran maravillosas.

—Bien, piense en ellas mientras canta sus ejercicios —dijo Reginald, sentándose en el piano—. Eso dará color y calidez a su voz.

¡Oh, qué idea tan encantadora! ¡Qué genial era el señor Peacock! Separó sus hermosos labios y empezó a cantar como una violeta.

—¡Muy bien, muy bien! —dijo Reginald, tocando unos acordes que elevarían a los cielos al más empedernido criminal—. Redondee las notas. No tema. Deténgase en cada una, aspírelas como un perfume.

¡Qué bonita estaba con su vestido blanco, la cabeza rubia echada hacia atrás y mostrando su garganta blanca como la leche!

—¿Practica alguna vez delante del espejo? —preguntó Reginald—. Sabe, debería hacerlo, flexibiliza mucho los labios. Venga conmigo.

Ambos se pusieron ante el espejo.

—Ahora cante: ¡mu-e-ku-e-u-ee-aa!

Pero ella no pudo hacerlo y se sonrojó más que nunca.

—¡Oh! —exclamó—. No puedo. Me hace sentir tan tonta. Me da ganas de reír. ¡Tengo un aspecto tan absurdo!

—No, por supuesto que no. No tenga miedo —dijo Reginald, pero no pudo reprimir una risa amable—. ¡Veamos, inténtalo otra vez!

La lección se pasó volando y finalmente Betty Brittle logró superar su timidez.

—¿Cuándo puedo volver? —preguntó mientras volvía a guardar las partituras en la bolsa de seda azul—. Quiero tomar tantas lecciones como sea posible ahora. Oh, señor Peacock, las disfruto muchísimo. ¿Puedo volver pasado mañana?

—Mi querida dama, me sentiré encantado —dijo Reginald, saludándola con una inclinación de cabeza.

¡Deliciosa muchacha! Y cuando estaban frente al espejo, la blanca manga de su vestido había rozado la oscura de su chaqueta. Y aún podía sentir un pedacito cálido y reluciente, sí verdaderamente lo sentía, y lo acarició con una mano. Betty Brittle adoraba sus lecciones. Entró su esposa.

—Reginald, ¿puedes darme algo de dinero? Tengo que pagarle al lechero. ¿Cenarás en casa esta noche?

—Sí, ya sabes que tengo que cantar en casa de lord Timbuck a las nueve y media. ¿Puedes prepararme una sopa liviana con un huevo?

—Sí. Ah, el dinero, Reginald. Ocho chelines y seis peniques.

—¿No es eso demasiado?

—No, es justo lo que debe ser. Y Adrián debe tomar leche.

Ya empezamos de nuevo. Y ahora tomaba a Adrián como pretexto para ponerse agresiva.

—No tengo ni la más mínima intención de negarle a mi hijo la cantidad de leche que necesita —dijo—. Aquí tienes diez chelines.

Sonó el timbre. Fue a abrir.

—Oh —dijo la condesa Wilkowska—, esas escaleras... Estoy sin aliento. —Y se llevó la mano al corazón mientras lo seguía hasta el estudio. Estaba vestida de negro, con un sombrerito negro con velo... tenía un ramillete de violetas en el escote.

—Hoy no me hagas cantar los ejercicios —exclamó, extendiendo las manos de un modo deliciosamente extranjero—. No hoy, por favor... hoy solo deseo cantar canciones... ¿Puedo quitarme mis violetas? Se marchitan tan rápido...

—Se marchitan tan rápido... se marchitan tan rápido —cantó Reginald acompañándose con el piano.

—¿Puedo ponerlas aquí? —preguntó la condesa, dejando caer las violetas en un florerito que estaba delante de un retrato de Reginald.

—¡Mi estimada señora, me encantaría!

Y empezó a cantar. Todo anduvo bien hasta que llegó a la frase: "Me amas. ¡Sí, sé que me amas!". Él levantó las manos del teclado, y se dio vuelta para mirarla de frente.

—No, no, eso no está correcto. Usted puede hacerlo mejor —exclamó ardorosamente—. Debe cantar como si estuviera enamorada. Escuche, yo le mostraré.

Y cantó.

—Oh, sí, sí, ya me doy cuenta —tartamudeó la condesita—. ¿Puedo intentarlo nuevamente?

—Por supuesto. No tenga miedo. Déjese ir. Confiésese. ¡Ríndase orgullosamente! —exclamó él por encima de la música. Y ella cantó.

—Sí, así está mejor. Pero aún me parece que usted puede dar más. Pruebe conmigo. Debe haber algo así como un exultante desafío..., ¿no lo siente así?

Y cantaron juntos. ¡Ah, ahora sí que ella estaba segura de comprender!

—¿Puedo intentarlo una vez más? "Me amas. ¡Sí, sé que me amas!".

La lección terminó antes de que la frase le saliera perfecta. Las pequeñas manos extranjeras de la condesa temblaban mientras acomodaban sus partituras.

—Y se olvida usted las violetas —dijo Reginald con suavidad.

—Sí, creo que me las olvidaré —dijo la condesa, mordiéndose el labio.

¡Qué modales fascinantes los de estas mujeres extranjeras!

—¿Y vendrá usted a mi casa el domingo para hacer música? —preguntó ella.

—¡Estimada señora, me encantaría! —dijo Reginald.

No lloréis más, tristes fuentes,
¿Por qué tan rápidas fluís?

Así cantaba la señorita Marian Morrow, pero tenía los ojos llenos de lágrimas y le temblaba el mentón.

—No cante ahora —dijo Reginald—. Escuche, yo tocaré para usted —y tocó muy suavemente.

—¿Pasa algo? —preguntó Reginald—. No parece muy feliz esta mañana.

No, no lo era, se sentía tremendamente desdichada.

—¿No quiere decirme qué le pasa?

En realidad, nada en particular. A veces, cuando la vida le parecía intolerable, caía en esos estados de ánimo.

—Ah, lo sé —dijo él—. ¡Si al menos pudiera ayudarla!

—¡Pero si lo hace, lo hace! ¡Oh, si no fuera por mis lecciones, creo que no podría seguir adelante!

—Siéntese en ese sillón y aspire el perfume de las violetas y deje que cante para usted. Eso le hará tanto bien como una lección.

¿Por qué no serían todos los hombres como el señor Peacock?

—Escribí un poema después del concierto de la otra noche... acerca de lo que sentía. Por supuesto que no era nada *personal*. ¿Puedo enviárselo?

—¡Mi estimada señora, me encantaría!

Al atardecer estaba rendido y se tendió en un sofá para descansar un poco la voz antes de cambiarse. La puerta del estudio estaba abierta. Pudo oír a su esposa, que hablaba con Adrián en el comedor.

—¿Sabes a qué me hace acordar la tetera, mamá? Me hace acordar a un gatito sentado.

—¿De veras, señor Absurdo?

Reginald dormitaba. Lo despertó la campanilla del teléfono.

—Habla Enone Fell, señor Peacock. Acabo de enterarme de que cantará esta noche en casa de lord Timbuck. ¿Querría usted cenar conmigo y que fuéramos luego los dos juntos a casa de lord Timbuck?

Y la respuesta de él fluyó en forma de flores por el teléfono.

¡Qué noche triunfal! La cena *tête à tête*, el paseo hasta lo de lord Timbuck en su auto blanco, cuando ella le agradeció una vez más por aquel momento inolvidable. ¡Triunfo sobre triunfo! El champagne de lord Timbuck... ¡que fluía como un río!

—Tome un poco más de champagne, Peacock —dijo lord Timbuck. Peacock, escuchen bien, nada de señor Peacock, sino Peacock a secas, como si fuera uno de ellos. ¿Y acaso no lo era? Era un artista. Era superior a todos ellos. ¿Y acaso no estaba enseñándoles a todos a escapar de la vida? ¡Cómo cantó! Y mientras cantaba veía, como en un sueño, que las plumas y las flores y los abanicos se le ofrecían, a sus pies, como un enorme ramillete.

—Tome otro vaso de vino, Peacock.

"Podría tener a cualquiera de ellas con solo levantar un dedo", pensó mientras se tambaleaba de regreso a su casa.

Pero tan pronto como entró en su departamento a oscuras, aquella maravillosa sensación de júbilo empezó a desvanecerse. Encendió la luz del dormitorio. Su esposa estaba dormida, acurrucada en su lado de la cama. De repente recordó lo que le había dicho cuando él le avisó que no cenaría en casa: "¡Podrías habérmelo dicho antes!". Y él había respondido: "¿Ni siquiera puedes dirigirte a mí sin faltar a las normas de educación?". Era increíble, pensó, que ella se interesara tan poco por él..., era increíble que no le interesaran en lo más mínimo los triunfos de su carrera artística, ¡cuando tantas otras mujeres hubieran dado los ojos por estar en su lugar! Sí, él lo sabía... ¿Para qué negarlo...? Y allí estaba ella, su enemiga, aún en sueños... "¿Ha de ser siempre así?", pensó, aun dominado por los efluvios del champagne. "¡Ah, cuántas cosas podría contarle ahora si fuéramos buenos amigos! Acerca de lo que sucedió esta noche, el modo en que Timbuck me trató y todas las cosas que me dijeron y todo lo demás. ¡Si tan solo sintiera que ella me espera aquí... que puedo confiar en ella...".

En su emoción, se quitó una bota y la arrojó a un rincón. El ruido despertó a su esposa con un sobresalto. Se incorporó, quitándose el cabello de la cara. Y de pronto él decidió que haría un último intento de tratarla como a una amiga, de contarle todo, de conquistarla. Se sentó en el borde de la cama y le tomó una mano. Pero no pudo pronunciar ni una de las cosas maravillosas que pensaba decir. Por alguna diabólica razón, las únicas palabras que pudo pronunciar fueron:

—¡Mi estimada dama, me encantaría... me encantaría!

La dama doblemente traicionada

Giovanni Boccaccio

Se encontraba en una posada de París un grupo de comerciantes italianos que, como era usual en aquellos tiempos, habían acudido a la ciudad francesa cada uno a resolver sus propios negocios. Una noche, unos cuantos de ellos habían cenado juntos, hablando animadamente de las más diversas cuestiones. Después de la cena continuaron su agradable conversación y, saltando de un tema a otro, comenzaron a hablar de sus respectivas mujeres, que se habían quedado en sus casas. Así, medio en broma, uno de ellos había dicho:

—Yo no sé lo que hará mi mujer, pero el que os habla, si alguna vez se le presenta la oportunidad de disfrutar con una jovencita, desde luego que no la deja escapar. Dejo a un lado el amor que le debo a mi mujer y lo paso lo mejor posible con la muchacha.

—Lo mismo pienso yo —intervino otro—. Es más, estoy seguro de que ella hace exactamente lo mismo, lo sospeche yo o no, de modo que quedamos empatados, porque quien a hierro mata a hierro muere, ¿o no?

Un tercero expresó una opinión muy parecida a la de los otros dos, y así todos los demás fueron opinando de la misma manera, es decir, que las mujeres, cuando se las deja solas, suelen perder poco el tiempo.

Solamente uno de ellos, llamado Bernabò Lomellin, que era de Génova, no estaba de acuerdo con esta idea. Afirmaba que había recibido de Dios uno de los más grandes dones que este puede ofrecer a un hombre, el de haberse casado con una mujer que reunía todas las virtudes más importantes a las que cualquier doncella o caballero pudiera aspirar, y no le cabía duda alguna de que ella era la mejor esposa, quizá, de toda Italia, porque era joven, bella, diestra en las tareas domésticas, además de que todavía seguía arreglándose y cuidando de su persona como si fuera una recién casada, y todo eso sin mencionar las dos cosas que sabía hacer mejor que ninguna otra mujer: trabajos de costura y tratamiento de la seda. Además, por si todo eso fuera poco, se podía decir que ningún escudero o mayordomo se encontraría más a gusto que ella sirviéndole a él, su marido, ni lo haría con más agrado y eficiencia. En definitiva, una mujer que era una joya, modosa, discreta y púdica como ella sola, que sabía hasta manejar halcones, leer, escribir y hacer cuentas como el mejor de los mercaderes.

Así, después de estas y muchas otras interminables alabanzas, el genovés había llegado a la conclusión, y así se lo hizo saber, jurándoselo, a todos sus compañeros, que no había mujer en el mundo que pudiera compararse en honradez y castidad con la que él había tenido la fortuna de encontrar. Por lo cual pensaba que, aunque estuviera viajando durante diez años y ella se hubiera quedado en casa, ni se le pasaría siquiera por la cabeza la idea de engañarlo con otro hombre.

Pero ocurrió que se encontraba en el grupo otro comerciante, un joven llamado Ambruogiuolo, de la ciudad de

Piacenza,[1] que dudada seriamente de la última afir-
mación de Bernabò, duda que demostró con una gran
carcajada, después de la cual le preguntó en broma al
genovés si había sido el emperador en persona quien le
había concedido ese privilegio del que no disfrutaba el
resto de los mortales. Bernabò, algo molesto, le respondió que no había sido el emperador, sino Dios mismo,
que era un poco más poderoso que el emperador, a lo
cual replicó Ambruogiuolo:

—Mira, Bernabò, no pongo en duda que creas que
llevas la razón en este tema, pero a mí me da la impresión de que no has visto el mundo más que por un agujero porque, de lo contrario, debes de ser un poco simple
si no te has dado cuenta de cómo funcionan las cosas.
Desde luego, si te hubieras fijado un poco más, mode-
rarías tu lenguaje y tu ardor marital. Porque no creas
que todos los que estamos aquí pensamos que nuestras
mujeres están hechas de un material distinto de la tuya.
Lo que pasa es que sabemos de qué pie cojean. Verás.
Estarás de acuerdo conmigo en que el hombre es el ser
más noble que Dios ha creado, junto con la mujer, aunque el primero, como se ha demostrado continuamente,
es más perfecto que la segunda. Y, siendo más perfecto, es
también más firme y constante, mientras que las mujeres
son más volubles y caprichosas, lo cual se puede explicar
por medio de muchos razonamientos respecto de su naturaleza que no voy a exponerte ahora. Así que, si el hombre es más constante que la mujer, y aun así no puede

---

[1] *Piacenza:* Ciudad italiana al sudeste de Milán.

evitar correr aventuras amorosas con mujeres que se le pongan a tiro, y no digamos con aquellas que le gustan de verdad, por las cuales es capaz de hacer casi cualquier cosa, y todo esto no una vez al mes, sino mil al día si se le presentara la ocasión, ¿qué se podrá esperar de una mujer, más caprichosa que él por naturaleza? ¿Crees que no cederá a las alabanzas, los ruegos, los regalos y las demás artimañas que un hombre astuto que la desee utilizaría para conseguir su atención? ¿Piensas que no caería mil veces en la tentación si mil veces se la tentara? Pues aunque tú digas que resistiría, y lo digas sinceramente, me parece que estás muy equivocado, porque tú mismo has dicho que tu mujer es de carne y hueso, como las demás y, por tanto, está sometida a las mismas tentaciones y deseos que las demás, y no dispone de más fuerzas que las otras para resistirse a sus apetitos naturales. Así que, por muy honesta y virtuosa que sea, pienso que hace lo que todas las demás, y es absurdo que intentes convencerte y convencernos a nosotros de lo contrario.

—Yo no soy filósofo —respondió Bernabò—, sino comerciante y como comerciante te contestaré. Sé muy bien de lo que estás hablando y conozco perfectamente lo que les puede pasar a las mujeres simples, que no tienen vergüenza alguna; pero las inteligentes tienen tal aprecio de su honor que llegan a ser más fuertes que los hombres, sin que estos se den cuenta, a la hora de velar por él. Y mi mujer es muy inteligente.

—Yo creo —replicó Ambruogiuolo— que si, por cada aventura que tuvieran, les saliera un cuerno en la cabeza, muy pocas se atreverían a engañar a sus maridos. Pero como sucede que estos cuernos no se llevan por fuera, y que mientras no se difunda la noticia de su aventura, el honor no se resiente, procuran llevar a cabo sus hazañas de la manera más discreta posible y solo se entregan a ellas cuando saben que no van a ser descubiertas. Así que las que no aprovechan esa oportunidad de oro es porque son tontas. Es más, no dudes de que la que permanece casta es porque nadie la ha pretendido o, si ella ha pretendido a algunos hombres, estos la han rechazado. No te estoy hablando de oídas, Bernabò. A todas estas conclusiones, que tengo por verdaderas, he llegado después de numerosas experiencias que prefiero no contar ahora, experiencias que me dicen que, si tuviera ocasión de conocer a esa esposa tuya de la que tan bien hablas, es más que seguro que la haría caer en mis redes como he hecho con muchas otras.

—Bueno —le respondió Bernabò, turbado—. Discutiendo no se soluciona nada. Podríamos estar toda la noche afirmando y rebatiendo, y ninguno de los dos convencería al otro. Ya que dices que las mujeres se rinden tan fácilmente y que eres tan ingenioso que no se te escapa ninguna, estoy dispuesto a que me corten la cabeza si consigues seducir a mi mujer y vencer su virtud. En cambio, si yo gano y demuestro su fidelidad, tú no perderás más que mil escudos.

Ambruogiuolo, enardecido por la discusión, le respondió:

—La verdad es que no sabría qué hacer con tu cabeza si ganara la apuesta pero, si de verdad tienes ganas de que pruebe mis razonamientos, pon encima de la mesa cinco mil escudos de oro, que seguramente apreciarás menos que tu cabeza, contra mis mil y, ya que no pones ningún límite de tiempo, estoy dispuesto a viajar a Génova y, en menos de tres meses a contar desde el día en que parta de aquí, conseguir a tu mujer. Como prueba te traeré algunas de las cosas que más queridas le son, así como gran cantidad de detalles que no te harán dudar de que he logrado lo que me proponía. Ahora tú debes prometer por tu cabeza que no te pasarás por Génova en esos tres meses ni le harás saber a ella absolutamente nada de esta apuesta.

Bernabò dijo que estaba totalmente de acuerdo y, por más que los otros comerciantes intentaran hacerlos desistir de un desafío que solo podría acarrear desgracias, los dos contrincantes, acalorados por la discusión, se avinieron a fijar su compromiso por escrito.

Una vez hecho y firmado este contrato, Bernabò se quedó en París, mientras que Ambruogiuolo se marchó inmediatamente a Génova. El joven permaneció en esa ciudad unos días, que empleó en informarse con mucha cautela acerca de la vida y las costumbres de la dama. Todo lo que pudo averiguar de ella confirmaba la alta opinión que su marido había expresado en público, lo cual le hizo pensar que acababa de meterse en un buen lío, porque no parecía empresa fácil seducir a una señora tan virtuosa. Aun así, trabó conocimiento con una pobre mujer que trabajaba en la casa de la genovesa y que era muy apreciada por esta. No pudiendo convencerla de que le prestara otro servicio, le dio dinero para que al menos hiciera entrar hasta la mismísima habitación de la dama una enorme caja de madera en la que él se había ocultado. La pobre mujer pidió a la señora Ginevra que le guardase la caja, puesto que debía ausentarse de la ciudad unos días, con lo cual el joven consiguió penetrar en la casa sin que la dama lo sospechase siquiera.

Cuando llegó la noche y todo quedó tranquilo, Ambruogiuolo, viendo que la virtuosa señora dormía, abrió silenciosamente la caja con una herramienta que llevaba y pudo contemplar la habitación, iluminada por una vela que había en la mesilla. Memorizó la forma y la colocación de las cosas en ella, los cuadros y todas las particularidades importantes del mobiliario. Una vez que hubo repasado mentalmente estos detalles, se acercó a la cama y vio que había una niña junto a la dama. Como ambas dormían profundamente, retiró con cuidado la sábana que cubría el objeto de su apuesta y pudo comprobar que era tan bella desnuda como vestida, aunque no encontró ningún detalle en su cuerpo que pudiera distinguirla de otras mujeres, aparte de un pequeño lunar rodeado de varios pelillos rubios como el oro que había debajo de uno de sus senos. La volvió a cubrir rápidamente, pues estaba comenzando a sentir el insensato deseo de tumbarse junto a ella, lo cual le habría costado con toda seguridad la vida, a juzgar por lo poco dispuesta que parecía la señora Ginevra, según lo que había oído de ella, a recibir con bondad tales sorpresas. Lo que sí hizo fue quedarse casi toda la noche en la habitación fuera de la caja y tomar un bolso, unas enaguas, un anillo y un cinturón, que guardó en la caja antes de esconderse él mismo al amanecer. Aún permaneció otra noche en la habitación, sin que la dama se diera cuanta de ello, hasta que al tercer día la pobre mujer, siguiendo las órdenes que le había dado Ambruogiuolo, fue a recoger su caja y se la llevó a su casa. Allí el joven pudo salir por fin al exterior y, después de haber pagado a la mujer lo que le había prometido, recogió sus cosas y se marchó en seguida a París, mucho antes de que se cumpliera el plazo que él mismo se había impuesto para cumplir su parte del reto.

Una vez en París, convocó a Bernabò y a los otros comerciantes que habían sido testigos de su apuesta, y les anunció que había vencido. Para que le creyeran, explicó en primer lugar cómo era la habitación de la dama y los cuadros y los adornos que en ella había. Luego enseñó los objetos que había sustraído como pruebas, diciendo que ella se los había regalado. Bernabò no tuvo más remedio que reconocer que el dormitorio era tal y como lo había descrito Ambruogiuolo y que esos objetos pertenecían a su esposa, pero replicó que habría podido conseguir todo aquello de algún criado de la casa, por lo cual no le parecían prueba suficiente para deducir que había conseguido poseerla, a lo cual Ambruogiuolo respondió:

—Pienso que esto debería bastar para concederme la victoria, pero aun así te diré, ya que quieres saber más de los detalles que de ella conozco, que tu esposa, Ginevra, tiene debajo de la teta izquierda un lunar bastante grande rodeado de seis pelillos rubios como el oro.

Cuando Bernabò oyó esto, sintió tanto dolor como si le hubieran clavado un cuchillo en el pecho, y su rostro expresó lo que no pudieron decir sus labios: que Ambruogiuolo tenía razón.

—Señores —dijo después de unos momentos de angustia—, he de decirles que Ambruogiuolo está en lo cierto, por lo cual no me queda otro remedio que pagarle lo que hemos apostado.

Así hizo el genovés y, una vez que hubo saldado su deuda, dejó París y se dirigió con gran ira en busca de su mujer. No quiso ni siquiera entrar en su ciudad, sino que se quedó en una casa de campo que poseía a unos cuarenta kilómetros de ella y envió a un criado de su entera confianza a Génova con dos caballos y una carta en la que comunicaba a su mujer que había vuelto y la instaba a que se reuniera con él en el campo. A su criado, en cambio, le ordenó que, en cuanto se quedara a solas con la mujer, en algún lugar del camino que le pareciera seguro, la asesinara sin ninguna compasión y regresara a la finca para comunicarle cómo había ido todo. Cuando el sirviente llegó a Génova y entregó la carta a la virtuosa Ginevra, esta se alegró enormemente y preparó sus cosas para partir a la mañana siguiente, acompañada del criado, en busca de su marido.

Fueron todo el camino señora y criado hablando de las más diversas cuestiones, hasta que llegaron a una solitaria hondonada rodeada de rocas y árboles, lugar que le pareció lo suficientemente seguro al siervo para poder llevar a cabo sus propósitos homicidas. Sacó, pues, un largo cuchillo y se dispuso a cumplir las órdenes que había recibido de su señor.

—Señora —dijo—, encomiende su alma al Señor, que de este lugar no va a salir con vida.

La mujer, al oír aquellas palabras respaldadas por el enorme cuchillo, le suplicó muerta de miedo:

—¡Por el amor de Dios! Antes de matarme dime por lo menos qué te he hecho para que quieras vengarte de mí de este modo.

—Señora, a mí no me ha ofendido en nada. No sé lo que le ha hecho a su marido, pero me ha ordenado que le quite la vida sin ninguna piedad al pasar por aquí. Si no cumplo sus órdenes, seguro que hará que me ahorquen. Usted sabe muy bien cuánto me aprecia su marido, y que no puedo negarme a cumplir lo que me mande. Bien sabe Dios que es un trago muy amargo para mí, pero no tengo otro remedio.

—¡Ay! —suplicó la dama llorando—. ¡No querrás convertirte en el asesino de alguien que no te ha ofendido, solo para obedecer a tu señor! Dios, que todo lo sabe, es testigo de que jamás he hecho a mi marido nada que merezca este castigo. Pero eso no importa ahora. Mira, puedes servir a Dios y salvarte de la ira de tu señor al mismo tiempo: ¿por qué no tomas estas ropas mías, me das tu abrigo y me dejas ir? Te juro, por la vida que me has concedido, que me iré muy lejos, y que nunca más se volverá a saber de mí, ni tu señor, al que dirás que me has matado, ni nadie a quien conozca siquiera remotamente.

El criado, que sentía remordimientos por tener que matarla, accedió sin dificultad a las súplicas de su amada señora y, tomando sus ropas y algo de dinero que ella llevaba encima, le rogó que se alejara lo antes posible de aquella región. La dejó marchar a pie y él regresó a su señor, el cual, viéndolo llegar con las ropas y el caballo de su mujer, pensó que se había librado de su deshonra. El criado, para mejorar el relato, le contó cómo los lobos habían comenzado ya a devorar el cadáver de la que había sido su esposa, y Bernabò quedó totalmente convencido de que el criado había cumplido sus órdenes.

Unos días después regresó a Génova, donde se comenzó a sospechar lo que había hecho y se lamentó enormemente una actitud tan despiadada.

Mientras tanto la virtuosa dama, desconsolada, había tenido que pasar la noche en un pueblecito, en casa de una viejecilla que la acogió y que arregló sus ropas y le cortó el pelo como a un muchacho. De este modo, haciéndose pasar por un marinero, se dirigió a la costa, hacia la ciudad de Alba,[2] donde se encontró por casualidad con un gentilhombre catalán que había bajado de su barco a refrescarse en una fuente de agua pura. Se cayeron bien, y la señora Ginevra, haciéndose llamar Sicurano de Finale, entró al servicio del noble catalán, el cual la condujo hasta el barco y le dio ropas nuevas y más decentes. Le sirvió Sicurano con tal agrado y eficiencia que se convirtió rápidamente en imprescindible para su señor, que lo llegó a apreciar más que a ningún otro criado o consejero anterior o posterior.

En su viaje por el Mediterráneo, el barco en que navegaban arribó con su cargamento en Alejandría, donde el noble catalán, en prueba de buena voluntad, regaló unos halcones de caza al sultán. Este, al ver cómo Sicurano les daba de comer y lo bien que sabía tratarlos, pidió al comerciante catalán que lo dejara a su servicio, a lo cual no pudo negarse, tratándose del sultán, y con gran pesar se separó de su fiel ayudante. Este sirvió al sultán con tanta diligencia y solicitud como las que había

---

[2] *Alba:* La actual Albisola, pequeña ciudad en la provincia de Savona, en la costa del golfo de Génova.

empleado con su primer protector, de modo que rápidamente se ganó su aprecio, hasta el punto de que fue enviado a la cabeza de un grupo de soldados que debían proteger a los mercaderes y a las mercancías de la feria que se celebraba no lejos de Alejandría y a la cual el sultán sólo enviaba a sus mejores hombres.

Llegado, pues, a la ciudad de Acre,[3] donde se celebraba una reunión de comerciantes de todas las nacionalidades, Sicurano, en calidad de capitán de las tropas del sultán, aunque hablaba ya la lengua del país, se sintió atraído por la gran cantidad de comerciantes de su país que habían acudido a la feria. Había entre ellos sicilianos, pisanos, genoveses, venecianos y otros provenientes de toda Italia, y hablaba sin parar con todos ellos recordando su tierra. Le ocurrió entonces que, uno de esos días, contemplando las mercancías que habían bajado de un barco veneciano, encontró un bolso y un cinturón que reconoció inmediatamente como suyos. Se quedó enormemente sorprendido y, disimulando su turbación, preguntó, como si tal cosa, de dónde procedían aquellos objetos y si estaban en venta.

Pertenecían ni más ni menos que a Ambruogiuolo, que había llegado hasta Acre en un barco veneciano. Al oír que el jefe de la guardia del sultán se interesaba por sus cosas, le respondió:

—Son mías, señor. No están en venta, pero, si usted lo desea, se las regalo con mucho gusto.

---

[3] *Acre:* Los cruzados dieron el nombre de San Juan de Acre a la ciudad de Akka, a orillas del Mediterráneo, en el actual Estado de Israel.

Sicurano, al verle sonreír, sospechó que el comerciante se estaba acordando de algún episodio especialmente cómico de su vida, relacionado con aquellos objetos, por lo cual, sin cambiar la expresión, le preguntó:

—¿Te ríes quizá de ver al jefe de la guardia preguntando por estas cosas de mujeres?

—No, señor. No me río de eso. Me río del modo en que las conseguí —le respondió Ambruogiuolo.

—¿Y me lo podrías contar, si no es demasiado indiscreto por mi parte preguntártelo?

—No tengo inconveniente, señor. Verá, estos objetos me los dio, entre otras cosas, una noble señora de Génova, llamada Ginevra, mujer de Bernabò Lomellin, una noche en que me acosté con ella, y me pidió que las conservara en recuerdo de su amor. Me reía de la estupidez de Bernabò, que apostó cinco mil escudos de oro contra mil a que no conseguiría a su mujer; pero me la llevé a la cama y gané la apuesta. Así que él quiso castigar, en lugar de su propia ignorancia, la actitud de su mujer por hacer lo mismo que hacen todas las demás. Se volvió de París a Génova y, según lo que tengo oído, mandó matarla.

Sicurano, al escuchar tal relato, comprendió inmediatamente las razones de la ira de su marido contra ella y conoció a quien había sido el causante de su desgracia. Decidió que no podía dejarlo salir impune de aquella ciudad y, con gran astucia, le hizo creer que lo había divertido mucho su hazaña. Entabló también una falsa amistad con él hasta el punto de que, cuando acabó la feria, lo hizo regresar con él a Alejandría, y allí lo hospedó y le proporcionó todo tipo de lujos, de modo que el comerciante se encontraba de maravilla y no tenía ganas de regresar a su patria. Sicurano, deseando demostrar su inocencia ante Bernabò lo antes posible, no descansó hasta que, por medio de algunos comerciantes genoveses que se encontraban en Alejandría, consiguió hacer venir a su marido sin que sospechara su maniobra. Llegó este a Alejandría en un estado bastante lamentable, rozando casi la pobreza, y fue recibido por un amigo de Sicurano, que lo retuvo en su casa el tiempo suficiente para que todo estuviera dispuesto de modo que Sicurano pudiera llevar a cabo sus planes.

Estos planes incluían hacer contar en público a Ambruogiuolo la historia de Bernabò, que había divertido mucho al sultán. Cuando llegó Bernabò a Alejandría, pidió Sicurano al sultán que hiciese contar a Ambruogiuolo su relato delante de Bernabò, revelándose que era este el marido de la dama a la que había deshonrado, y rogándole que sacara la verdad a Ambruogiuolo, por las buenas si era posible. Así pues, preguntó muy serio el sultán, delante de muchos de sus consejeros, al joven farsante cómo había conseguido los cinco mil escudos de oro de Bernabò y lo amenazó con arrancarle la verdad por medio de la tortura. Esto infundió a Ambruogiuolo un gran terror, que aumentó al ver con qué fiereza lo miraba Sicurano, al que creía amigo suyo. Aun así pensó que, como mucho, lo condenarían a devolver los cinco mil escudos de oro a Bernabò, allí presente, y que todo se arreglaría sin más problemas, por lo que contó la verdad delante de todos.

Después de ello, Sicurano, que era quien daba las órdenes en aquella situación, se dirigió a Bernabò y le preguntó:

—Y tú, ¿qué le hiciste a tu mujer por culpa de este mentiroso?

—Me dejé arrastrar por la ira de perder mi dinero y ver de aquella manera mancillado mi honor, y ordené a un criado que la matara, creyendo que era ella la culpable de mis desgracias. Luego, según mi criado me contó, fue devorada rápidamente por los lobos.

El sultán oyó estas palabras y comprendió lo que significaban, pero no sabía todavía la razón por la que Sicurano estaba tan interesado en un conflicto de este tipo, por lo que este le explicó:

—Señor, ya podéis ver qué amante y qué marido tenía esa pobre mujer. El primero le arrebataba el honor difundiendo mentiras sobre ella incluso delante de su marido, y el segundo se cree las falacias que el otro le cuenta y, sin tener en consideración los largos años de felicidad y la conducta siempre irreprochable de su esposa, la hace asesinar y devorar por los lobos. Y lo más importante de todo: es tan grande el amor que tanto el marido como el amante le tienen, que son incapaces de reconocerla aunque la tengan delante de sus ojos. Aunque vos sabéis ya lo que merece cada uno de ellos por su comportamiento, os ruego que castiguéis al farsante y perdonéis al engañado. Yo, a cambio, traeré ante vuestra presencia a la infortunada Ginevra.

El sultán, dispuesto a complacer a Sicurano en todo lo que tuviera que ver con este asunto, afirmó estar de acuerdo y le pidió que llamara a la dama. Bernabò no podía dar crédito a lo que estaba pasando, porque creía a su mujer muerta y repartida como botín entre los lobos. Ambruogiuolo, en cambio, presintiendo lo que se le venía encima, empezaba a tener miedo de perder algo más que su dinero y no sabía si temer o desear que apareciese la genovesa, aunque de entre todos sus sentimientos era el estupor el que predominaba.

Una vez que vio concedido su deseo, el jefe de la guardia se arrodilló entre lágrimas y sollozos a los pies del sultán y, con una voz de la que había desaparecido el hombre Sicurano, le dijo:

—Señor, yo soy la infortunada Ginevra, que ha pasado seis años dando tumbos por el mundo vestida de hombre, deshonrada por la mentira de este traidor de Ambruogiuolo y enviada a la muerte, como pasto para los lobos, por este hombre cruel e inicuo que tengo como marido.

Y diciendo esto, se rasgó los vestidos de hombre y dejó al descubierto sus pechos, con lo que ni al sultán ni a ninguno de los demás le quedó duda alguna sobre su feminidad. Se volvió entonces desafiante hacia Ambruogiuolo y le preguntó, ya que eso había dicho a todo el mundo, cuándo se había acostado con ella. El joven mercader, habiéndola reconocido, quedó mudo por la vergüenza y no fue capaz de decir una palabra.

El sultán, como siempre había pensado que Sicurano-Ginevra era un hombre, no daba crédito a lo que estaba viendo y oyendo, y le parecía estar más bien en un sueño que en una realidad que ya no podía reconocer. Pero, una vez que pasó la sorpresa inicial y supo la verdad, no pudo por menos de admirar la fe en la vida, la constancia, la virtud y las rectas costumbres de la señora Ginevra, que él había conocido como el joven Sicurano. Hizo, pues, que le trajeran ricos vestidos femeninos, le concedió damas de compañía y, tal como había pedido, perdonó a Bernabò una muerte que tenía bien merecida. Este, sumamente agradecido, se arrodilló a los pies de su esposa llorando y pidiéndole perdón por el mal que le había hecho. Ella, a pesar de lo indigno que era de tal atención, lo perdonó, lo hizo ponerse en pie y, abrazándolo tiernamente, le dio a entender que quería continuar siendo su esposa.

El sultán ordenó que el traidor de Ambruogiuolo fuera conducido a lo más alto de la ciudad, atado a un palo y untado de miel, y que allí permaneciese hasta su muerte. Así se hizo, tras lo cual el sultán concedió a la infortunada Ginevra todos los objetos y dinero que habían pertenecido a Ambruogiuolo, que en total sobrepasaba con mucho los cinco mil escudos que le había robado a su marido. Organizó asimismo una gran fiesta para honrar a la noble genovesa y a su recién recuperado marido, y les regaló dinero, joyas y vasijas de oro y plata cuyo valor alcanzaba el de las posesiones de Ambruogiuolo. Una vez que acabó la fiesta, puso a su disposición un barco que los llevaría a Génova, si así lo deseaban. De este modo, embarcaron unos días después con gran alegría hacia su ciudad, a la que arribaron en medio de grandes muestras de júbilo por parte de sus vecinos y conocidos, especialmente hacia la señora Ginevra, que todos creían muerta, y que mantuvo mientras vivió su reputación de mujer virtuosa y honrada.

Ambruogiuolo, en cambio, murió comido por moscas, avispas y tábanos, que en las tierras del sultán abundan como en ninguna otra parte. Lo devoraron hasta los huesos el mismo día en que fue empalado, y su cadáver quedó expuesto a los habitantes de la ciudad durante mucho tiempo para demostrar que el mal siempre termina derrotado. Y así fue cómo el timador acabó a los pies del timado.

Pobres gentes

León Nikolaiévich Tolstoi

En una choza, Juana, la mujer del pescador, se halla sentada junto a la ventana, remendando una vela vieja. Fuera aúlla el viento y las olas rugen, rompiéndose en la costa... La noche es fría y oscura, y el mar está tempestuoso; pero en la choza de los pescadores el ambiente es templado y acogedor. El suelo de tierra apisonada está cuidadosamente barrido; la estufa sigue encendida todavía; y los cacharros relucen, en el vasar. En la cama, tras de una cortina blanca, duermen cinco niños, arrullados por el bramido del mar agitado. El marido de Juana ha salido por la mañana, en su barca; y no ha vuelto todavía. La mujer oye el rugido de las olas y el aullar del viento, y tiene miedo.

Con un ronco sonido, el viejo reloj de madera ha dado las diez, las once... Juana se sume en reflexiones. Su marido no se preocupa de sí mismo, sale a pescar con frío y tempestad. Ella trabaja desde la mañana hasta la noche. ¿Y cuál es el resultado? Apenas les alcanza para comer. Los niños no tienen qué ponerse en los pies: tanto en invierno como en verano, corren descalzos; no les alcanza para comer pan de trigo; y aún tienen que dar gracias a Dios de que no les falte el de centeno. La base de su alimentación es el pescado. "Gracias a Dios, los niños están sanos. No puedo quejarme", piensa Juana; y vuelve a prestar atención a la tempestad. "¿Dónde estará ahora? ¡Dios mío! Protégelo y ten piedad de él", dice, persignándose.

Aún es temprano para acostarse. Juana se pone en pie; se echa un grueso pañuelo por la cabeza, enciende una linterna y sale; quiere ver si ha amainado el mar, si se despeja el cielo, si hay luz en el faro y si aparece la barca de su marido. Pero no se ve nada. El viento le arranca el pañuelo y lanza un objeto contra la puerta de la choza de al lado; Juana recuerda que la víspera había querido visitar a la vecina enferma. "No tiene quien la cuide", piensa, mientras llama a la puerta. Escucha... Nadie contesta.

"A lo mejor le ha pasado algo", piensa Juana; y empuja la puerta, que se abre de par en par. Juana entra.

En la choza reinan el frío y la humedad. Juana alza la linterna para ver dónde está la enferma. Lo primero que aparece ante su vista es la cama, que está frente a la puerta. La vecina yace boca arriba, con la inmovilidad de los muertos. Juana acerca la linterna. Sí, es ella. Tiene la cabeza echada hacia atrás; su rostro lívido tiene la inmovilidad de la muerte. Su pálida mano, sin vida, como si la hubiese extendido para buscar algo, se ha resbalado del colchón de paja, y cuelga en el vacío. Un poco más lejos, al lado de la difunta, dos niños, de caras regordetas y rubios cabellos rizados, duermen en una camita, acurrucados y cubiertos con un vestido viejo.

Se ve que la madre, al morir, les ha envuelto las piernecitas en su mantón y les ha echado por encima su vestido. La respiración de los niños es tranquila, uniforme; duermen con un sueño dulce y profundo.

Juana toma la cuna con los niños; y, cubriéndolos con su mantón, se los lleva a su casa. El corazón le late con violencia; ni ella misma sabe por qué hace esto; lo único que le consta es que no puede proceder de otra manera.

Una vez en su choza, instala a los niños dormidos en la cama, junto a los suyos; y echa la cortina. Está pálida e inquieta. Es como si le remordiera la conciencia. "¿Qué me dirá? Por si le dan pocos desvelos nuestros cinco niños... ¿Es él? No, no... ¿Para qué los habré traído? Me pegará. Me lo tengo merecido... Ahí viene... ¡No! Menos mal...".

La puerta chirría, como si alguien entrase. Juana se estremece y se pone en pie.

"No. No es nadie. ¡Señor! ¿Por qué habré hecho eso? ¿Cómo lo voy a mirar a la cara ahora?". Y Juana permanece largo rato sentada junto a la cama, sumida en reflexiones.

La lluvia ha cesado; el cielo se ha despejado; pero el viento sigue azotando y el mar ruge, lo mismo que antes.

De pronto, la puerta se abre de par en par. Irrumpe en la choza una ráfaga de frío aire marino; y un hombre, alto y moreno, entra, arrastrando tras de sí unas redes rotas, empapadas de agua.

—¡Ya estoy aquí, Juana! —exclama.

—¡Ah! ¿Eres tú? —replica la mujer; y se interrumpe, sin atreverse a levantar la vista.

—¡Vaya nochecita!

—Es verdad. ¡Qué tiempo tan espantoso! ¿Qué tal se te ha dado la pesca?

—Es horrible. No he pescado nada. Lo único que he sacado en limpio ha sido destrozar las redes. Esto es horrible, horrible... No puedes imaginarte el tiempo que ha hecho. No recuerdo una noche igual en toda mi vida. No hablemos de pescar; doy gracias a Dios por haber podido volver a casa. Y tú, ¿qué has hecho sin mí?

Después de decir esto, el pescador arrastró la redes tras de sí por la habitación; y se sentó junto a la estufa.

—¿Yo? —exclamó Juana, palideciendo—. Pues nada de particular. Ha hecho un viento tan fuerte que me daba miedo. Estaba preocupada por ti.

—Sí, sí —masculló el hombre—. Hace un tiempo de mil demonios; pero... ¿qué podemos hacer?

Ambos guardaron silencio.

—¿Sabes que nuestra vecina Simona ha muerto?

—¿Qué me dices?

—No sé cuándo; me figuro que ayer. Su muerte ha debido de ser triste. Seguramente se le desgarraba el corazón, viendo a sus hijos. Tiene dos niñitos muy pequeños... Uno ni siquiera sabe hablar y el otro empieza a andar a gatas...

Juana calló. El pescador frunció el ceño; su rostro adquirió una expresión seria y preocupada.

—¡Vaya situación! —exclamó, rascándose la nuca—. Pero ¡qué hemos de hacer! No tenemos más remedio que traerlos aquí. Porque, si no, ¿qué van a hacer solos con la difunta? Ya saldremos adelante como sea. Anda, corre a traerlos.

Juana no se movió.

—¿Qué te pasa? ¿No quieres? ¿Qué te pasa, Juana?

—Están aquí ya —replicó la mujer, descorriendo la cortina.

La imitación de la rosa

Clarice Lispector

Antes de que Armando volviera del trabajo la casa debería estar arreglada, y ella con su vestido marrón para atender al marido mientras él se vestía, y entonces saldrían tranquilamente, tomados del brazo como antaño. ¿Desde cuándo no hacían eso?

Pero ahora que ella estaba nuevamente "bien", tomarían el autobús, ella miraría por la ventanilla como una esposa, su brazo en el de él, y después cenarían con Carlota y Juan, recostados en la silla con intimidad. ¿Desde hacía cuánto tiempo no veía a Armando recostarse con confianza y conversar con un hombre? La paz de un hombre era, olvidado de su mujer, conversar con otro hombre sobre lo que aparecía en los diarios. Mientras tanto, ella hablaría con Carlota sobre cosas de mujeres, sumisa a la voluntad autoritaria y práctica de Carlota, recibiendo de nuevo la desatención y el vago desprecio de la amiga, su rudeza natural, y no más aquel cariño perplejo y lleno de curiosidad, viendo, en fin, a Armando olvidado de la propia mujer. Y ella misma regresando reconocida a su insignificancia. Como el gato que pasa la noche fuera y, como si nada hubiera sucedido, encuentra, sin ningún reproche, un plato de leche esperándolo. Felizmente, las personas la ayudaban a sentir que ahora estaba "bien". Sin mirarla, la ayudaban activamente a olvidar, fingiendo ellas el olvido, como si hubiesen leído las mismas indicaciones del mismo frasco de remedio. O habían olvidado realmente, quién sabe. ¿Desde hacía cuánto tiempo no veía a Armando recostarse con abandono, olvidado de ella? ¿Y ella misma?

Interrumpiendo el arreglo del tocador, Laura se miró al espejo: ¿ella misma, desde hacía cuánto tiempo? Su rostro tenía una gracia doméstica, los cabellos estaban sujetos con horquillas detrás de las orejas grandes y pálidas. Los ojos marrones, los cabellos marrones, la piel morena y suave, todo daba a su rostro ya no muy joven un aire modesto de mujer. ¿Acaso alguien vería, en esa mínima punta de sorpresa que había en el fondo de sus ojos, alguien vería, en ese mínimo punto ofendido, la falta de los hijos que nunca había tenido?

Con su gusto minucioso por el método —el mismo que cuando niña la hacía copiar con letra perfecta los apuntes de clase, sin comprenderlos—, con su gusto por el método, ahora, reasumido, planeaba arreglar la casa antes de que la sirvienta saliese de paseo para que, una vez que María estuviera en la calle, ella no necesitara hacer nada más que: 1°) vestirse tranquilamente; 2°) esperar a Armando, ya lista; 3°) ¿qué era lo tercero? ¡Eso es! Era eso mismo lo que haría. Se pondría el vestido marrón con cuello de encaje color crema. Después de tomar su baño. Ya en los tiempos del Sacré Coeur ella había sido muy arregladita y limpia, con mucho gusto por la higiene personal y un cierto horror al desorden. Lo que no había logrado nunca era que Carlota, ya en aquel tiempo un poco original, la admirase. La reacción de las dos siempre había sido diferente. Carlota, ambiciosa, siempre riéndose fuerte; ella, Laura, un poco lenta y, por así decir, cuidando de mantenerse siempre lenta; Carlota, sin ver nunca peligro en nada. Y ella cuidadosa. Cuando le dieron para leer la *Imitación de Cristo*, con un ardor de burra ella lo leyó sin entender pero, que Dios la perdonara, había sentido que quien imitase a Cristo estaría perdido; perdido en la luz, pero peligrosamente perdido. Cristo era la peor tentación. Y Carlota ni siquiera lo había querido leer, mintiéndole a la monja que sí lo había leído. Eso mismo. Se pondría el vestido marrón con cuello de encaje verdadero.

Pero cuando vio la hora recordó, con un sobresalto que la hizo llevarse la mano al pecho, que había olvidado tomar su vaso de leche.

Se encaminó a la cocina y, como si hubiera traicionado culpablemente a Armando y a los amigos devotos, junto al refrigerador bebió los primeros sorbos con una ansiosa lentitud, concentrándose en cada trago con fe, como si estuviera indemnizando a todos y castigándose ella. Como el médico había dicho: "Tome leche entre las comidas, no esté nunca con el estómago vacío, porque eso provoca ansiedad", ella, entonces, aunque sin amenaza de ansiedad, tomaba sin discutir trago por trago, día por día, sin fallar nunca, obedeciendo con los ojos cerrados, con un ligero ardor para que no pudiera encontrar en sí la menor incredulidad. Lo incómodo era que el médico parecía contradecirse cuando, al mismo tiempo que daba una orden precisa que ella quería seguir con el celo de una conversa, también le había dicho: "Abandónese, intente todo suavemente, no se esfuerce por conseguirlo, olvide

completamente lo que sucedió y todo volverá con naturalidad". Y le había dado una palmada en la espalda, lo
que la había lisonjeado haciéndola enrojecer de placer.
Pero en su humilde opinión una orden parecía anular
a la otra, como si le pidieran comer harina y al mismo
tiempo silbar. Para fundirlas en una sola, empezó a usar
una estratagema: aquel vaso de leche que había terminado
por ganar un secreto poder, y tenía dentro de cada trago
el gusto de una palabra renovando la fuerte palmada en
la espalda, aquel vaso de leche era llevado por ella a la
sala, donde se sentaba "con mucha naturalidad", fingiendo falta de interés, "sin esforzarse", cumpliendo de esta
manera la segunda orden. "No importa que yo engorde",
pensó, lo principal nunca había sido la belleza.

Se sentó en el sofá como si fuera una visita en su propia casa que, recientemente recuperada, arreglada y fría,
recordaba la tranquilidad de una casa ajena. Lo que era
muy satisfactorio: al contrario de Carlota, que hiciera de
su hogar algo parecido a ella misma, Laura sentía el placer de hacer de su casa algo impersonal; en cierto modo,
perfecto por ser impersonal.

Oh, qué bueno era estar de vuelta, realmente de vuelta, sonrió ella satisfecha. Tomando el vaso casi vacío, cerró
los ojos con un suspiro de dulce cansancio. Había planchado las camisas de Armando, había hecho listas metó-
dicas para el día siguiente, calculando con minuciosidad
lo que iba a gastar por la mañana en el mercado, realmente no había parado un solo instante. Oh, qué bueno
era estar de nuevo cansada.

Si un ser perfecto del planeta Marte descendiera y
se enterara de que los seres de la Tierra se cansaban

y envejecían, sentiría pena y espanto. Sin entender jamás lo que había de bueno en ser gente, en sentirse cansada, en fallar diariamente; solo los iniciados comprenderían ese matiz de vicio y ese refinamiento de vida.

Y ella retornaba al fin de la perfección del planeta Marte. Ella, que nunca había deseado otra cosa que ser la mujer de un hombre, reencontraba, grata, su parte diariamente falible. Con los ojos cerrados suspiró agradecida. ¿Cuánto tiempo hacía que no se cansaba? Pero ahora se sentía todos los días casi exhausta y planchaba, por ejemplo, las camisas de Armando, siempre le había gustado planchar y sin modestia podía decir que era una planchadora excelente. Y después, en recompensa, quedaba exhausta. No más aquella atenta falta de cansancio, no más aquel punto vacío y despierto y horriblemente maravilloso dentro de sí. No más aquella terrible independencia. No más la facilidad monstruosa y simple de no dormir ni de día ni de noche —que en su discreción la hiciera súbitamente sobrehumana en relación con un marido cansado y perplejo—. Él, con aquel aire que tenía cuando estaba mudo de preocupación (lo que le daba a ella una piedad dolorida, sí, aun dentro de su despierta perfección, la piedad y el amor), ella sobrehumana y tranquila en su brillante aislamiento, y él, cuando tímido venía a visitarla llevando manzanas y uvas que la enfermera con un encogerse de hombros comía, él haciendo visitas ceremoniosas, como un novio, con un aire infeliz y una sonrisa fija, esforzándose en su heroísmo por comprender, él que la recibiera de un padre y de un sacerdote, que inesperadamente, como un barco tranquilo que se adorna en las aguas, se había tornado sobrehumana.

Ahora, ya nada de eso. Nunca más. Oh, apenas si había sido una debilidad; el genio era la peor tentación. Pero después ella se había recuperado tan completamente que ya hasta comenzaba otra vez a cuidarse para no incomodar a los otros con su viejo gusto por el detalle. Ella recordaba bien a las compañeras del Sacré Coeur diciéndole: "¡Ya contaste eso mil veces!"; recordaba eso con una sonrisa tímida. Se había recuperado tan completamente: ahora todos los días ella se cansaba, todos los días su rostro decaía al atardecer, y entonces la noche tenía su vieja finalidad, no solo era la perfecta noche estrellada. Y, como a todo el mundo, cada día la fatigaba; como todo el mundo, humana y perecedera. No más aquella perfección. No más aquella cosa que un día se desparramara clara, como un cáncer, en su alma.

Abrió los ojos pesados de sueño, sintiendo el buen vaso, sólido, en las manos, pero los cerró de nuevo con una confortada sonrisa de cansancio, bañándose como un nuevo rico, en todas sus partículas, en esa agua familiar y ligeramente nauseabunda. Sí, ligeramente nauseabunda; qué importancia tenía, si ella también era un poco fastidiosa, bien lo sabía. Pero al marido no le parecía, entonces qué importancia tenía, si gracias a Dios ella no vivía en un ambiente que exigiera que fuese ingeniosa e interesante, y hasta de la escuela secundaria que tan embarazosamente exigiera que fuese despierta, se había librado. Qué importancia tenía. En el cansancio —había planchado las camisas de Armando sin contar que también había ido al mercado por la mañana demorándose tanto allí, por ese gusto que tenía de hacer que las cosas rindieran—, en el cansancio había un lugar bueno para ella, un lugar

discreto y apagado del que, con bastante embarazo para
sí misma y para los otros, una vez saliera. Pero, como iba
diciendo, gracias a Dios se había recuperado.

Y si buscara con mayor fe y amor encontraría dentro del cansancio un lugar todavía mejor, que sería el
sueño. Suspiró con placer, tentada por un momento de
maliciosa travesura a ir al encuentro del aire tibio que
era su respiración ya somnolienta, por un instante tentada a dormitar. "¡Un instante solo, solo un momenti-
to!", se pidió, lisonjeada por haber tenido tanto sueño,
y lo pedía llena de maña, como si pidiera un hombre, lo
que siempre le gustaba mucho a Armando.

Pero realmente no tenía tiempo para dormir ahora,
ni siquiera para echarse un sueñito, pensó vanidosa y con
falsa modestia; ¡ella era una persona tan ocupada!. Siempre
había envidiado a las personas que decían "No tuve tiempo"; y ahora ella era nuevamente una persona tan ocupada; iría a comer con Carlota y todo tenía que estar orde-
nadamente listo, era la primera comida fuera desde que
regresara y ella no quería llegar tarde, tenía que estar lista
cuando... bien, ya dije eso mil veces, pensó avergonzada. Bastaría decir una sola vez: "No quería llegar tarde";
eso era motivo suficiente: si nunca había soportado sin
enorme humillación ser un trastorno para alguien, ahora
más que nunca no debería... No, no habrá la menor
duda: no tenía tiempo para dormir. Lo que debía hacer
moviéndose con familiaridad en aquella íntima riqueza
de la rutina —y la mortificaba que Carlota despreciara
su gusto por la rutina—, lo que debía hacer era: 1°)
esperar que la sirvienta estuviera lista; 2°) darle dinero
para que trajera la carne para mañana; cómo explicar que

hasta la dificultad para encontrar buena carne era una cosa buena; 3°) comenzar minuciosamente a lavarse y a vestirse, entregándose sin reserva al placer de hacer que el tiempo rindiera. El vestido marrón combinaba con sus ojos y el cuellito de encaje color crema le daba un cierto aire infantil, como de niño antiguo. Y, de regreso a la paz nocturna de Tijuca —no más aquella luz ciega de las enfermeras peinadas y alegres saliendo de fiesta, después de haberla arrojado como a una gallina indefensa en el abismo de la insulina—, de regreso a la paz nocturna de Tijuca, de regreso a su verdadera vida: ella iría tomada del brazo de Armando, caminando lentamente hacia la parada del autobús, con aquellos muslos duros y gruesos que la faja empaquetaba en uno solo transformándola en una "señora distinguida", pero cuando, confundida, ella le decía a Armando que eso provenía de una insuficiencia ovárica, él, que se sentía lisonjeado por los muslos de su mujer, respondía con mucha audacia: "¿Para qué hubiese querido casarme con una bailarina?", eso era lo que él respondía. Nadie lo diría, pero Armando a veces podía ser muy malicioso, aunque nadie lo diría. De vez en cuando los dos decían lo mismo. Ella explicaba que era a causa de la insuficiencia ovárica. Entonces él decía: "¿Para qué me hubiera servido estar casado con un bailarina?". A veces él era muy atrevido aunque nadie lo diría. Carlota se hubiera espantado de haber sabido que ellos también tenían una vida íntima y cosas que no se contaban, pero ella no las diría aunque era una pena no poder contarlas, seguramente Carlota pensaba que ella era solo una mujer ordenada y común y un poco aburrida, y si ella a veces estaba obligada a cuidarse para no molestar a los otros con detalles, a veces con Armando se descuidaba y era un poco aburrida, cosa que no tenía importancia porque él fingía que escuchaba aunque no oía todo lo que ella contaba, y eso no la amargaba, comprendía perfectamente bien que sus conversaciones cansaban un poco a la gente, pero era bueno poder contarle que no había encontrado carne buena aunque Armando moviera la cabeza y no escuchase, la sirvienta y ella conversaban mucho, en verdad más ella que la sirvienta, que a veces contenía su impaciencia y se ponía un poco atrevida. La culpa era suya que no siempre se hacía respetar.

Pero, como ella iba diciendo, tomados del brazo, bajita y castaña ella y alto y delgado él, gracias a Dios tenía salud. Ella castaña, como oscuramente pensaba que debía ser una esposa. Tener cabellos negros o rubios era un exceso que, en su deseo de acertar, ella nunca había ambicionado. Y en materia de ojos verdes, bueno, le parecía que si tuviera ojos verdes sería como no contarle todo a su marido. No es que Carlota diera propiamente de qué hablar, pero ella, Laura —que si tuviera oportunidad la defendería ardientemente, pero nunca había tenido ocasión—, ella, Laura, estaba obligada contra su gusto a estar de acuerdo en que la amiga tenía una manera extraña y cómica de tratar al marido; oh, no por ser "de igual a igual", pues ahora eso se usaba, pero usted ya sabe lo que quiero decir. Carlos era un poco original, eso ya lo había comentado una vez con Armando y Armando había estado de acuerdo pero sin darle demasiada importancia. Pero, como ella iba diciendo, de marrón con el cuellito..., el devaneo la llenaba con el mismo gusto que le daba al arreglar cajones, hasta llegaba a desarreglarlos para poder acomodarlos de nuevo.

Abrió los ojos, y como si fuera la sala la que hubiera dormitado y no ella, la sala aparecía renovada y reposada con sus sillones cepillados y las cortinas que se habían encogido en el último lavado, como pantalones demasiado cortos y la persona mirara cómicamente sus propias piernas. ¡Oh!, qué bueno era ver todo arreglado y sin polvo, todo limpio por sus propias manos diestras, y tan silencioso, con un vaso de flores, como una sala de espera, tan respetuosa, tan impersonal. Qué linda era la vida común para ella, que finalmente había regresado de la extravagancia. Hasta un florero. Lo miró.

—¡Ah!, qué lindas son —exclamó su corazón, de pronto un poco infantil. Eran menudas rosas silvestres que había comprado por la mañana en el mercado, en parte porque el hombre había insistido mucho, en parte por osadía. Las había arreglado en el florero esa misma mañana, mientras tomaba el sagrado vaso de leche de las diez.

Pero, a la luz de la sala, las rosas estaban en toda su completa y tranquila belleza.

"Nunca vi rosas tan bonitas", pensó con curiosidad. Y, como si no acabara de pensar justamente eso, vagamente consciente de que acababa de pensar justamente eso y pasando rápidamente por encima de la confusión de reconocerse un poco fastidiosa, pensó en una etapa más nueva de la sorpresa: "Sinceramente, nunca vi rosas tan bonitas". Las miró con atención. Pero la atención no podía mantenerse mucho tiempo como simple atención, en seguida se transformaba en suave placer, y ella no conseguía ya analizar las rosas, estaba obligada a interrumpirse con la misma exclamación de curiosidad sumisa: ¡Qué lindas son!

Eran varias rosas perfectas, algunas en el mismo tallo. En cierto momento habían trepado con ligera avidez unas sobre otras, pero después, hecho el juego, tranquilas se habían inmovilizado. Eran algunas rosas perfectas en su pequeñez, no del todo abiertas, y el tono rosado era casi blanco. ¡Hasta parecían artificiales!, dijo sorprendida. Podrían dar la impresión de blancas si estuvieran completamente abiertas, pero con los pétalos centrales envueltos en botón, el color se concentraba y, como el lóbulo de una oreja, se sentía el rubor circular dentro de ellas. "¡Qué lindas son!", pensó Laura sorprendida.

Pero sin saber por qué estaba un poco tímida, un poco perturbada. ¡Oh!, no demasiado, pero sucedía que la belleza extrema la molestaba.

Oyó los pasos de la criada sobre el mosaico de la cocina y por el sonido hueco reconoció que llevaba tacones altos; por lo tanto, debía de estar a punto de salir. Entonces Laura tuvo una idea en cierta manera original: ¿por qué no pedirle a María que pasara por la casa de Carlota y le dejase las rosas de regalo?

Porque aquella extrema belleza la molestaba. ¿La molestaba? Era un riesgo. ¡Oh!, no, ¿por qué un riesgo?, apenas molestaban, era una advertencia, ¡oh!, no, ¿por qué advertencia? María le daría las rosas a Carlota:

—Las manda la señora Laura —diría María.

Sonrió pensativa. Carlota se extrañaría de que Laura, pudiendo traer personalmente las rosas, ya que deseaba regalárselas, las mandara antes de la cena con la sirvienta. Sin hablar de que encontraría gracioso recibir las rosas, le parecería "refinado"...

—¡Esas cosas no son necesarias entre nosotras, Laura! —diría la otra con aquella franqueza un poco brutal, y Laura diría con un sofocado gritito de arrebatamiento:

—¡Oh no, no!, ¡no es por la invitación a cenar!, ¡es que las rosas eran tan lindas que sentí el impulso de ofrecértelas!

Sí, si en ese momento tuviera valor, sería eso lo que diría. ¿Cómo diría?, necesitaba no olvidarse: diría:

—¡Oh, no!, etcétera —y Carlota se sorprendería con la delicadeza de sentimientos de Laura, nadie imaginaría que Laura tuviera también esas ideas. En esa escena imaginaria y apacible que la hacía sonreír beatíficamente, ella se llamaba a sí misma "Laura", como si se tratara de una tercera persona. Una tercera persona llena de aquella fe suya y crepitante y grata y tranquila, Laura, la del cuellito de encaje auténtico, vestida discretamente, esposa de Armando, en fin, un Armando que no necesitaba esforzarse más en prestar atención a todas sus conversaciones sobre la sirvienta y la carne, que no necesitaba más pensar en su mujer, como un hombre que es feliz, como un hombre que no está casado con una bailarina.

—No pude dejar de mandarte las rosas —diría Laura, esa tercera persona tan, pero tan... Y regalar las rosas era casi tan lindo como las propias rosas.

Y ella quedaría libre de las flores.

Y entonces, ¿qué es lo que sucedería? Ah, sí: como iba diciendo, Carlota quedaría sorprendida con aquella Laura que no era inteligente ni buena pero también tenía sus sentimientos secretos. ¿Y Armando? Armando la miraría un poco asustado —¡pues es esencial no olvidar que de ninguna manera él está enterado de que la sirvienta llevó por la tarde las rosas!—, Armando encararía con benevolencia los impulsos de su pequeña mujer, y de noche ellos dormirían juntos.

Y ella habría olvidado las rosas y su belleza.

No, pensó de repente, vagamente advertida. Era necesario tener cuidado con la mirada asustada de los otros. Era necesario no dar nunca más motivo de miedo, sobre todo con eso tan reciente. Y en particular, ahorrarles cualquier sufrimiento de duda. Y que nunca más tuviera necesidad de la atención de los otros, nunca más esa cosa horrible de que todos la miraran mudos, y ella frente a todos. Nada de impulsos.

Pero al mismo tiempo vio el vaso vacío en la mano y también pensó: "él" dijo que yo no me esfuerce por conseguirlo, que no piense en tomar actitudes solamente para probar que ya estoy...

—María —dijo entonces al escuchar de nuevo los pasos de la empleada. Y, cuando esta se acercó, le dijo temeraria y desafiante—: ¿Podrías pasar por la casa de la señora Carlota y dejarle estas rosas? Diga así: "Señora Carlota, la señora Laura se las manda". Solamente eso: "Señora Carlota...".

—Sí, sí... —dijo la sirvienta, paciente. Laura fue a buscar una vieja hoja de papel de China. Después sacó con cuidado las rosas del florero, tan lindas y tranquilas, con las delicadas y mortales espinas. Quería hacer un ramo muy artístico. Y al mismo tiempo se libraría de ellas. Y podría vestirse y continuar su día. Cuando reunió las rositas húmedas en un ramo, alejó la mano que las

sostenía, las miró a distancia torciendo la cabeza y entre-
cerrando los ojos para un juicio imparcial y severo.

Y, cuando las miró, vio las rosas.

Y entonces, irreprimible, suave, ella insinuó para sí:
no lleves las flores, son muy lindas.

Un segundo después, muy suave todavía, el pensamiento fue levemente más intenso, casi tentador: no
las regales, son tuyas. Laura se asustó un poco: porque las
cosas nunca eran suyas.

Pero esas rosas lo eran. Rosadas, pequeñas, perfectas:
lo eran. Las miró con incredulidad: eran lindas y eran
suyas. Si consiguiera pensar algo más, pensaría: suyas
como hasta entonces nada lo había sido.

Y podía quedarse con ellas, pues ya había pasado
aquella primera molestia que hiciera que vagamente ella
hubiese evitado mirar demasiado las rosas.

¿Por qué regalarlas, entonces?, ¿lindas y darlas? Entonces,
cuando descubres una cosa bella, ¿entonces vas y la rega-
las? Si eran suyas, se insinuaba ella persuasiva sin encontrar otro argumento además del simple y repetido, que
le parecía cada vez más convincente y simple. No iban
a durar mucho, ¿por qué darlas entonces mientras estaban vivas? ¿Dar el placer de tenerlas mientras estaban
vivas? El placer de tenerlas no significa gran riesgo —se
engañó— pues, lo quisiera o no, en breve sería forzada a privarse de ellas, y entonces nunca más pensaría
en ellas, pues ellas habrían muerto; no iban a durar
mucho, entonces, ¿por qué regalarlas? El hecho de que
no duraran mucho le parecía quitarle la culpa de
quedarse con ellas, en una oscura lógica de mujer que
peca. Pues se veía que iban a durar poco (iba a ser

rápido, sin peligro). Y aunque —argumentó en un último y victorioso rechazo de culpa— no fuera de modo
alguno ella quien había querido comprarlas, el vende-
dor había insistido mucho y ella se tornaba siempre muy
tímida cuando la forzaban a algo, no había sido ella quien
quiso comprar, ella no tenía culpa ninguna. Las miró
encantada, pensativa, profunda.

Y, sinceramente, nunca vi en mi vida cosa más
perfecta.

Bien, pero ella ahora había hablado con María y no
tendría sentido volver atrás. ¿Era entonces demasiado
tarde?, se asustó viendo las rosas que aguardaban impasi-
bles en su mano. Si quisiera, no sería demasiado tarde...
Podría decirle a María: "¡María, resolví que yo misma
llevaré las rosas cuando vaya a cenar!". Y, claro, no las llevaría... María no tendría por qué saberlo. Antes de cambiarse de ropa ella se sentaría en el sofá por un momento,
solo por un momento, para mirarlas. Mirar aquel tranquilo desprendimiento de las rosas. Sí, porque ya estaba
hecha la cosa, valía más aprovechar, no sería tan tonta
de quedarse con la fama y sin el provecho. Eso mismo
es lo que haría.

Pero con las rosas desenvueltas en la mano ella esperaba. No las ponía en el florero, no llamaba a María.
Ella sabía por qué. Porque debía darlas. Oh, ella sabía
por qué.

Y también que una cosa hermosa era para ser dada o
recibida, no solo para tenerla. Y, sobre todo, nunca para
"ser". Sobre todo nunca se tenía que ser una cosa hermosa. Porque a una cosa hermosa le faltaba el gesto de
dar. Nunca se debía quedar con una cosa hermosa, así

como guardada dentro del silencio perfecto del corazón. (Aunque, si ella no regalaba las rosas, ¿alguien lo descubriría alguna vez?, era horriblemente fácil y al alcance de la mano quedarse con ellas, ¿pues quién iría a descubrirlo? Y serían suyas, y por eso mismo las cosas quedarían así y no se hablaría más de eso...).

¿Entonces?, ¿y entonces?, se preguntó algo inquieta. Entonces, no. Lo que debía hacer era envolverlas y mandarlas, ahora sin ningún placer; envolverlas y, decepcionada, enviarlas; y asustada, quedar libre de ellas. Porque una persona debía tener coherencia, los pensamientos debían tener congruencia: si espontáneamente resolviera cederlas a Carlota, debería mantener la resolución y regalárselas. Porque nadie cambiaba de idea de un momento a otro.

Pero ¡cualquier persona se puede arrepentir!, se rebeló de pronto. Porque solo en el momento en que tomó las rosas notó qué lindas eran. ¿O un poco antes? (Y estas eran suyas). El propio médico le había dado una palmada en la espalda diciéndole: "No se esfuerce por fingir, usted sabe que *está* bien", y después de eso la palmada fuerte en la espalda. Así, pues, ella no estaba obligada a tener coherencia, no tenía que probar nada a nadie y se quedaría con las rosas. (Eso mismo, eso mismo ya que estas eran suyas).

—¿Están listas?

—Sí, ya están —dijo Laura sorprendida.

Las miró mudas en su mano. Impersonales en su extrema belleza. En su extrema tranquilidad perfecta de rosas. Aquella última instancia: la flor. Aquella última perfección: la luminosa tranquilidad.

Como viciosa, ella miraba ligeramente ávida la perfección tentadora de las rosas, con la boca un poco seca las miraba.

Hasta que, lentamente austera, envolvió los tallos y las espinas en el papel de China. Tan absorta había estado que solo al extender el ramo preparado notó que ya María no estaba en la sala y se quedó sola con su heroico sacrificio. Vagamente, dolorosamente, las miró, así distantes como estaban en la punta del brazo extendido, y la boca quedó aún más apretada, aquella envidia, aquel deseo, pero ellas son mías, exclamó con gran timidez.

Cuando María regresó y tomó el ramo, por un pequeño instante de avaricia Laura encogió la mano reteniendo las rosas un segundo más... ¡ellas son tan lindas y son mías, es la primera cosa linda que es mía!, ¡y fue el hombre quien insistió, no fui yo quien las busqué!, ¡fue el destino quien lo quiso!, ¡oh, solo esta vez!, ¡solo esta vez y juro que nunca más! (Ella podría, por lo menos, sacar para sí una rosa, nada más que eso: una rosa para sí. Solamente ella lo sabría, y después nunca más, ¡oh, ella se comprometía a no dejarse tentar más por la perfección, nunca más!).

Y en el minuto siguiente, sin ninguna transición, sin ningún obstáculo, las rosas estaban en manos de la sirvienta, ¡no en las suyas, como una carta que ya se ha echado en el correo!, ¡no se puede recuperar más ni arriesgar las palabras!, no sirve de nada gritar: ¡no fue eso lo que quise decir! Quedó con las manos vacías pero su corazón obstinado y rencoroso aún decía: "¡Todavía puedes alcanzar a María en las escaleras, bien sabes que puedes arrebatarle las rosas de las manos y robarlas!".

Porque quitárselas ahora sería robarlas. ¿Robar lo que era suyo? Eso mismo es lo que haría cualquier persona que no tuviera lástima de las otras: ¡robaría lo que era de ella por derecho propio! ¡Oh, ten piedad, Dios mío! Puedes recuperarlas, insistía con rabia. Y entonces la puerta de la calle golpeó.

En ese momento la puerta de la calle golpeó.

Entonces lentamente ella se sentó con tranquilidad en el sofá. Sin apoyar la espalda. Solo para descansar. No, no estaba enojada, oh, ni siquiera un poco. Pero el punto ofendido en el fondo de los ojos se había agrandado y estaba pensativo. Miró el florero. "Dónde están mis rosas", se dijo entonces muy sosegada.

Y las rosas le hacían falta. Habían dejado un lugar claro dentro de ella. Si se retira de una mesa limpia un objeto, por la marca más limpia que este deja, se ve que alrededor había polvo. Las rosas habían dejado un lugar sin polvo y sin sueño dentro de ella. En su corazón, aquella rosa que por lo menos habría podido quedarse sin perjudicar a nadie en el mundo, faltaba. Como una ausencia muy grande. En verdad, como una falta. Una ausencia que entraba en ella como una claridad. Y, también alrededor de la huella de las rosas, el polvo iba desapareciendo. El centro de la fatiga se abría en un círculo que se ensanchaba. Como si ella no hubiera planchado ninguna camisa de Armando. Y, en la claridad de las rosas, estas hacían falta. "Dónde están mis rosas", se quejó sin dolor, alisando los pliegues de la falda.

Como cuando se exprime un limón en el té oscuro y este se va aclarando, su cansancio iba aclarándose gradualmente. Sin cansancio alguno, por otra parte. Así como se encienden las luciérnagas. Ya que no estaba cansada, iba a levantarse y vestirse. Era la hora de comenzar.

Pero, con los labios secos, por un instante trató de imitar por dentro a las rosas. Ni siquiera era difícil.

Por suerte no estaba cansada. Así podría ir más fresca a la cena. ¿Por qué no poner sobre el cuellito de encaje auténtico el camafeo? Ese que el mayor trajera de la guerra en Italia. Embellecería más el escote. Cuando estuviera lista escucharía el ruido de la llave de Armando en la puerta. Debía vestirse. Pero todavía era temprano. Él se retrasaba por las dificultades del transporte. Todavía era de tarde. Una tarde muy linda.

Ya no era más de tarde.

Era de noche. Desde la calle subían los primeros ruidos de la oscuridad y las primeras luces.

En ese momento la llave entró con facilidad en el agujero de la cerradura.

Armando abriría la puerta. Apretaría el botón de la luz. Y de pronto en el marco de la puerta se recortaría aquel rostro expectante que él trataba de disfrazar pero que no podía contener. Después su respiración ansiosa se transformaría en una sonrisa de gran alivio. Aquella sonrisa embarazada de alivio que él jamás sospechaba que ella advertía. Aquella libido que probablemente, con una palmada en la espalda, le habían aconsejado a su pobre marido que ocultara. Pero que para el corazón tan lleno de culpa de la mujer había sido cada día la recompensa por haber dado de nuevo a aquel hombre la alegría posible y la paz, consagrada por la mano de un sacerdote austero que apenas permitía a los seres la alegría humilde, y no la imitación de Cristo.

La llave giró en la cerradura, la figura oscura y precipitada entró, la luz inundó con violencia la sala.

Y en la misma puerta se destacó él con aquel aire ansioso y de súbito paralizado, como si hubiera corrido leguas para no llegar demasiado tarde. Ella iba a sonreír. Para que él borrara la ansiosa expectativa del rostro, que siempre venía mezclada con la infantil victoria de haber llegado a tiempo para encontrarla aburrida, buena y diligente, a ella, su mujer. Ella iba a sonreír para que de nuevo él supiera que nunca más correría el peligro de llegar tarde. Había sido inútil recomendarles que nunca hablaran de aquello: ellos no hablaban pero habían logrado un lenguaje del rostro donde el miedo y la desconfianza se comunicaban, y pregunta y respuesta se telegrafiaban, mudas. Ella iba a sonreír. Se estaba demorando un poco, sin embargo, iba a sonreír.

Calma y suave, dijo:

—Volviste, Armando. Volviste.

Como si nunca fuera a entender, él mostró un rostro sonriente, desconfiado. Su principal trabajo era retener el aliento ansioso por su carrera en las escaleras, ya que ella estaba allí, sonriéndole. Como si nunca fuera a entender.

—Volví, y qué —dijo finalmente en tono expresivo.

Pero, mientras trataba de no entender jamás, el rostro cada vez más vacilante del hombre ya había entendido sin que se le hubiera alterado un rasgo. Su trabajo principal era ganar tiempo y concentrarse en retener la respiración. Lo que, de pronto, ya no era difícil. Pues inesperadamente él percibía con horror que la sala y la mujer estaban tranquilas y sin prisa. Pero desconfiando todavía, como quien fuese a terminar por dar una carcajada al comprobar el absurdo, él se obstinaba, sin embargo, en mantener el rostro torcido, mirándola en guardia, casi enemigo. De donde comenzaba a no poder impedir verla sentada con las manos cruzadas en el regazo, con la serenidad de la luciérnaga que tiene luz.

En la mirada castaña e inocente el embarazo vanidoso de no haber podido resistir.

—Volví, y qué —dijo él de repente, con dureza.

—No pude impedirlo —dijo ella, y en su voz había la última piedad por el hombre, la última petición de perdón que ya venía mezclada a la altivez de una soledad casi perfecta—. No pude impedirlo —repitió entregándole con alivio la piedad que ella consiguiera con esfuerzo guardar hasta que él llegara—. Fue por las rosas —dijo con modestia.

Como si fuese para retratar aquel instante, él mantuvo aún el mismo rostro ausente, como si el fotógrafo le pidiera solamente un rostro y no un alma. Abrió la boca e involuntariamente por un instante la cara tomó la expresión de cómico desprendimiento que él había usado para esconder la vergüenza cuando le pidiera un aumento al jefe. Al instante siguiente, desvió los ojos con vergüenza por la falta de pudor de su mujer que, suelta y serena, allí estaba.

Pero de pronto la tensión cayó. Sus hombros se bajaron, los rasgos del rostro cedieron y una gran pesadez lo relajó. Él la observó, envejecido, curioso.

Ella estaba sentada con su vestido de casa. Él sabía que ella había hecho lo posible para no tornarse luminosa e inalcanzable. Con timidez y respeto, él la miraba.

Envejecido, cansado, curioso. Pero no tenía nada que decir. Desde la puerta abierta veía a su mujer que estaba sentada en el sofá, sin apoyar las espaldas, nuevamente alerta y tranquila como en un tren. Que ya partiera.

Wakefield

Nathaniel Hawthorne

En alguna revista o diario viejo recuerdo haber leído la presunta historia de un hombre —llamémosle Wakefield— que se ausentó durante mucho tiempo de su hogar. Presentado de una manera abstracta, este acto no es extraordinario y, a menos que hagamos una conveniente distinción de circunstancias, tampoco merece condenarse por perverso o insensato. Sin embargo, es el ejemplo más raro que conozco en los anales de la delincuencia conyugal y, por añadidura, el capricho más notable que pueda hallarse en toda la escala de las extravagancias humanas. La pareja vivía en Londres. El marido, con el pretexto de hacer un viaje, alquiló unos cuartos a la vuelta de su casa y allí, ignorado por su mujer y sus amigos, sin que nada motivara su voluntario destierro, habitó por más de veinte años. Durante ese período observó diariamente su casa y, a menudo, a la desvalida Mrs. Wakefield. Y después de abrir tan larga brecha en su felicidad conyugal, cuando su muerte se daba por cierta, su sucesión estaba terminada, su nombre borrado de todo recuerdo y cuando su mujer se había resignado desde hacía mucho, mucho tiempo a la viudez, una tarde entró apaciblemente en su casa, como después de un día de ausencia, y volvió a ser un tierno esposo hasta la muerte.

Esto es lo que recuerdo en líneas generales. Pero me parece que el incidente, aunque de la más pura e inaudita originalidad, provoca las simpatías del género humano. Cada uno de nosotros sabe por experiencia que no habría cometido semejante locura, pero cree muy posible que otro pudiera cometerla. Yo, por lo menos, evoco frecuentemente la historia en el curso de mis reflexiones: siempre me sorprende, pero me da la impresión de ser cierta y hasta me permite concebir el carácter de su héroe. Cuando un asunto cualquiera se apodera fuertemente de nuestro espíritu, está bien empleado todo el tiempo que dediquemos a pensar en él. Si el lector lo desea, puede seguir el hilo de sus propias meditaciones; pero si prefiere acompañarme a través de los veinte años que duró el antojo de Wakefield, le daré la bienvenida, confiando en que la historia estará impregnada de un sentido y de una moral, aunque no podamos descubrirlos, presentarlos con nitidez y resumirlos en la última frase. El pensamiento posee siempre su eficacia y todo incidente asombroso encierra una moral.

¿Qué clase de hombre era Wakefield? Podemos imaginar un ser a nuestro gusto y llamarlo con su nombre. Estaba en la plenitud de la vida. Su amor conyugal, que nunca fue violento, se había moderado hasta convertirse en una costumbre; parecía el más fiel de los maridos porque cierta pereza lo resguardaba de toda veleidad sentimental. Era intelectual, pero no de una manera activa. Ocupaba su mente en largas y morosas especulaciones que no perseguían ningún propósito o que no tenían el vigor suficiente para alcanzarlo; rara vez sus pensamientos eran bastante enérgicos para expresarse con palabras.

La imaginación, en el sentido propio del vocablo, no era una de sus dotes. De corazón frío, pero no depravado ni versátil, e inteligencia nunca encendida por pensamientos tumultuosos ni desconcertada por ideas originales, ¿quién habría supuesto que nuestro amigo llegara a ocupar el primer sitio entre los campeones de la excentricidad? Si hubieran preguntado a sus relaciones qué hombre de Londres era menos capaz de hacer algo hoy que pudiera recordarse mañana, habrían pensado en Wakefield. Solo su bienamada esposa hubiera vacilado. Ella, sin haber analizado el carácter de Wakefield, adivinaba en él un quieto egoísmo que había enmohecido su mente ociosa, una peculiar vanidad —su atributo más molesto—, una predisposición al disimulo que rara vez lograba efectos más positivos que guardar secretos apenas dignos de mención, y por último lo que consideraba, en el buen hombre, "cierta extravagancia". Esta última cualidad es indefinible y acaso inexistente.

Imaginemos ahora a Wakefield despidiéndose de su mujer. Es el crepúsculo de una tarde de octubre. Wakefield lleva un sobretodo gris, un sombrero impermeable, botas altas, un paraguas en una mano y una valija en la otra. Ha dicho a Mrs. Wakefield que se marchará al campo en la diligencia nocturna. Ella hubiera deseado de buena gana averiguar la duración, el objeto de viaje y la hora probable del regreso; pero, complaciendo su inofensivo amor al misterio, lo interroga solo con la mirada. Él no le da seguridad de volver en la próxima diligencia y le pide que no se alarme si se demora tres o cuatro días; en todo caso, estará a comer el viernes por la noche. Podemos pensar que Wakefield mismo no sospecha lo que lo espera. Tiende las manos a su mujer; ella le da las suyas y acepta su beso de adiós con la indiferencia adquirida en diez años de matrimonio; y así se marcha el respetable Mr. Wakefield casi resuelto a dejar perpleja a su buena esposa con una semana entera de ausencia. Cuando la puerta se ha cerrado tras él, Mrs. Wakefield la ve entreabrirse un instante y percibe el rostro de su marido que le sonríe y desaparece en seguida. De momento olvida ese incidente sin concederle un pensamiento. Pero mucho después, cuando lleva más de dos años de viuda que de esposa, esa sonrisa vuelve a su memoria e ilumina el recordado semblante de Wakefield. En sus frecuentes cavilaciones adorna esa antigua sonrisa con una multitud de fantasías que la hacen extraña y terrible; cuando, por ejemplo, imagina a su esposo en un ataúd, esa mirada de adiós está cristalizada en sus pálidos rasgos; o si se lo figura en el cielo, su espíritu bienaventurado exhibe todavía una apacible y cautelosa sonrisa. Y cuando todos lo dan por muerto, esa misma sonrisa la hace a veces dudar de que sea realmente viuda.

Pero volvamos al marido. Tenemos que seguirlo por la calle, apurando el paso, antes de que pierda su individualidad y se diluya en el mar proceloso de Londres. Sería inútil buscarlo allí. Sigámoslo de cerca, pisándole los talones, hasta que después de varias superfluas idas y venidas lo hallemos cómodamente instalado junto al fuego en el reducido departamento a que ya nos referimos. Wakefield está a la vuelta de su casa, y al final de su jornada. Apenas puede creer en su buena suerte que le ha permitido llegar sin que lo vean, pues recuerda que en un momento dado la muchedumbre lo detuvo bajo un farol encendido; otra vez oyó unos pasos tras los suyos, muy distintos de las pisadas innumerables del gentío, y después una voz que gritaba a lo lejos, y creyó que pronunciaba su nombre. Sin duda, lo han espiado una docena de curiosos que habrán ido con el cuento a su mujer. ¡Pobre Wakefield! ¡Qué poco conoces tu propia insignificancia en este ancho mundo! Ningún ojo mortal fuera del mío ha seguido tus huellas. Ve tranquilamente a la cama, insensato, y mañana, si has recobrado la cordura, vuelve a tu hogar junto a la buena Mrs. Wakefield y dile la verdad. Ni por una corta semana te apartes del lugar que ocupas en su casto pecho. Pues, si por un solo momento te creyera muerto, perdido o separado de ella para siempre, tendrías la plena convicción de que un cambio definitivo se habría operado en tu fiel esposa. Es peligroso cavar un abismo en los afectos humanos, no porque se abran de par en par durante mucho tiempo, sino porque muy pronto vuelven a cerrarse.

Casi arrepentido de su travesura, o como quiera llamársela, Wakefield se acuesta temprano y, despertando bruscamente de su primer sueño, extiende los brazos dentro del amplio y desierto lecho al que no está acostumbrado. "No", piensa, arropándose en las mantas, "no volveré a dormir solo otra noche".

Por la mañana se levanta más temprano que de ordinario y se pone a considerar lo que realmente habrá de hacer. Tan inconexos e imprecisos son sus hábitos mentales que ha tomado esta singular resolución con algún objeto, sin duda, pero es incapaz de definirlo bastante para reflexionar acerca de él. La vaguedad del proyecto y el convulso esfuerzo con que se ha precipitado a ejecutarlo, son igualmente característicos de un espíritu débil. Sin embargo, examina sus ideas lo más metódicamente posible y descubre que tiene curiosidad por saber cómo marchan las cosas en su casa, cómo su ejemplar mujer soporta esa viudez de una semana y, en suma, cómo siente su brusca desaparición esa pequeña esfera de seres y circunstancias de la que él era el centro. Una vanidad morbosa, pues, es el fondo del asunto. Pero ¿cómo alcanzará Wakefield sus fines? No, desde luego, quedándose encerrado en su cómodo albergue; allí, aunque duerma y se despierte a la vuelta de su casa, está de ella tan lejos como si toda la noche hubiera rodado en diligencia. Pero, si vuelve, el proyecto se derrumba. Se tortura la cabeza con este dilema insoluble; por fin se aventura a salir, resuelto a cruzar la calle y lanzar una rápida mirada a su abandonado domicilio. La costumbre —porque es un hombre de costumbres— lo toma de la mano y lo guía inconscientemente hasta su propia puerta, donde, justo en el momento crítico, lo sobresalta el ruido de su pie sobre el peldaño. Wakefield, ¿a dónde vas?

A partir de ese momento está predestinado. No sospechando a dónde lo conducirá un primer paso hacia atrás, se aleja apresuradamente, sofocado por una agitación no sentida hasta entonces y, al llegar a la esquina, apenas se atreve a volver la cabeza. ¿Es posible que nadie lo haya visto? Toda la casa, desde la respetable Mrs. Wakefield hasta la elegante doncella y el sucio lacayo, ¿no saldrán por las calles de Londres llamando a voz en grito a su fugitivo amo y señor? ¡De buena ha escapado! Hace un esfuerzo para detenerse y lanzar una mirada furtiva hacia su casa, y lo desconcierta el cambio operado en ese edificio familiar, sintiendo lo que nos afecta a todos cuando volvemos a ver, después de una separación de meses o años, una colina, un lago o una obra de arte que hemos conocido íntimamente. Por lo general esta impresión indescriptible está causada por la comparación y el contraste entre nuestras reminiscencias imperfectas y la realidad. Pero en el caso de Wakefield la magia de una sola noche bastó para llevar a cabo una transformación análoga, porque un gran cambio moral se ha operado en él durante tan breve período. Pero es un secreto que el mismo Wakefield ignora. Antes de irse entreví un instante a su mujer, que se asoma a la ventana del frente, mirando a lo lejos. El artificioso imbécil echa a correr temiendo que el ojo de Mrs. Wakefield lo haya descubierto entre un millar de átomos idénticos. Y con el corazón alegre, aunque presa de vértigos, se encuentra junto al fuego de carbón de su nueva morada.

Basta por lo que atañe al principio de esta larga contradanza. Después de haber concebido el proyecto, y haber agitado el perezoso temperamento de nuestro héroe para que pueda ponerlo en ejecución, el asunto entero se desarrolla según su ritmo natural. Podemos suponer que Wakefield, al cabo de largas reflexiones, se compra una nueva peluca de cabellos rojos y del saco de un ropavejero judío elije diversas prendas que difieren totalmente de su traje marrón de costumbre. El cambio se ha consumado. Es otro hombre. Ahora que se ha establecido el nuevo sistema, un movimiento de retroceso hacia el antiguo le sería casi tan difícil como el paso que lo ha colocado en esta situación sin paralelo. Además, se obstina en su resolución por una especie de acritud que lo invade de cuando en cuando y que actualmente suscita el escaso pesar que, según él, su ausencia ha motivado en Mrs. Wakefield. No volverá hasta que ella esté medio muerta de miedo. Pues bien: ella ha pasado ante sus ojos dos o tres veces, y cada vez con mayor lentitud, con las mejillas más pálidas, con el semblante más acongojado. Y en la tercera semana de su desaparición comprueba Wakefield que un mensajero funesto ha entrado en su antiguo domicilio bajo el aspecto del boticario. Al día siguiente, han ensordecido el llamador. Hacia el crepúsculo el coche del médico se detiene y deposita a su ocupante, solemne y de gran peluca, ante la puerta en donde emerge un cuarto de hora después para anunciar, quizá, un entierro próximo. ¡Querida esposa! ¿Irá a morir? A Wakefield lo sacude un sentimiento que casi se parece a la energía; sin embargo, permanece alejado del lecho de su mujer, convenciendo a su propia conciencia de que la enferma no debe ser turbada en semejante crisis. Si otro sentimiento lo retiene, Wakefield lo ignora. Su mujer se restablece después de algunas semanas; ha pasado la crisis, su corazón está triste, acaso, pero apaciguado; y aunque Wakefield vuelva más pronto o más tarde, ese corazón no latirá ya nunca febrilmente por él. Estas ideas refulgen a través de la bruma que oscurece el cerebro de Wakefield y le anuncian vagamente que un abismo casi del todo infranqueable separa su departamento amueblado de su antiguo domicilio. Se dice a veces: "Pero ¡está a la vuelta!". ¡Imbécil! Está en otro mundo. Hasta ahora ha diferido su regreso de un día para otro; en adelante, no fijará ya la fecha precisa. Será muy pronto, pero no mañana. Acaso la semana próxima. ¡Desdichado! Los muertos tienen casi tanta probabilidad de volver a sus domicilios terrestres como Wakefield, el desterrado voluntario.

¡Que no deba yo escribir un infolio en vez de un artículo de una docena de páginas! Quizás entonces pudiera mostrar cómo una influencia que supera nuestro dominio posa su vigorosa mano sobre cada uno de nuestros actos y urde sus consecuencias en la férrea trama de la necesidad. Wakefield está hechizado: tenemos que dejarlo durante unos diez años rondando su casa, sin pisar una sola vez el umbral, fiel a su mujer con todo el afecto de que su corazón es capaz mientras él va desvaneciéndose poco a poco en el de ella. Debemos advertir que desde hace mucho tiempo ha perdido toda noción de la singularidad de su conducta.

Y ahora una escena. En el tumulto de una calle londinense distinguimos a un hombre, próximo a la vejez, con características que no atraen la atención de los observadores indolentes, pero cuyo aspecto entero lleva el signo de un destino poco común para quienes tengan la sagacidad de discernirlo. Es delgado; su frente baja y estrecha está hondamente arrugada; sus ojos pequeños y opacos lanzan a veces miradas aprensivas a su alrededor, pero más a menudo parecen mirar dentro de sí. Inclina la cabeza y tiene un andar indescriptiblemente oblicuo como si no quisiera afrontar el mundo. Examinémoslo bastante para advertir lo que hemos descrito y me concederéis que las circunstancias —que a menudo producen hombres notables con materiales comunes— lo han transformado en un notable ejemplar. Después, dejándolo escabullirse por la acera, miremos en dirección opuesta por donde una robusta matrona, considerablemente entrada en años, se dirige con el libro de misa en la mano hacia una iglesia lejana. Tiene el aire plácido de una resignada viudez. Sus pesares se han disipado o se han vuelto tan esenciales a su corazón que no quisiera cambiarlos por alegrías. Y en el instante en que el hombre enjuto y la mujer robusta se cruzan, hay una ligera obstrucción que los pone directamente en contacto. Sus manos se tocan; la multitud empuja el pecho de la mujer contra el brazo del hombre. Se detienen, frente a frente, mirándose a los ojos. ¡Así, después de diez años de separación, Wakefield encuentra a su mujer!

La multitud refluye y los arrastra separadamente. La viuda serena, recuperando su paso habitual, prosigue camino a la iglesia, pero al llegar al portal se detiene y lanza una perpleja mirada hacia la calle. Entra, no obstante, abriendo su libro de misa. ¡Y el hombre! Con el rostro tan hosco que hasta el Londres atareado y egoísta se detiene por instantes a mirarlo, corre a su vivienda, echa doble llave a la puerta y se arroja sobre la cama. Los sentimientos latentes que durante tantos años se han acumulado en él, estallan de pronto y dan breve energía a su espíritu débil; toda la miserable extrañeza de su vida se le revela de golpe, y grita apasionadamente: "¡Wakefield, Wakefield! ¡Estás loco!".

Quizá lo esté. La singularidad de su situación lo ha modelado a tal punto, que, comparado con los demás seres y las realidades de la vida, acaso no pueda decirse que goza de su sano juicio. Ha logrado o, mejor, le ha sucedido quedar separado del mundo, desaparecer, renunciar a su lugar y a sus privilegios entre los vivos sin ser admitido entre los muertos. La vida de un ermitaño no se parece en modo alguno a la suya. Wakefield continúa sumergido como antes en la barahúnda de la ciudad, pero la muchedumbre lo codea y no lo ve. En sentido figurado podríamos decir que está siempre al lado de su mujer y junto a su hogar; sin embargo, nunca podrá sentir el calor del uno ni el afecto de la otra. Su destino impar ha querido que conservara la parte que le tocó de simpatías humanas y que aún se sintiera envuelto en los humanos intereses cuando había perdido ya su recíproca influencia sobre ellos. Señalar el efecto de tales circunstancias sobre su corazón y su inteligencia, separada y conjuntamente, sería un tema muy curioso de meditación. Sin embargo, cambiado Wakefield como estaba, rara vez lo advertiría, creyéndose el mismo hombre de siempre. Quizá de tiempo en tiempo le llegasen atisbos de verdad. Pero continuaría diciendo: "Volveré muy pronto", sin reflexionar que lo ha estado diciendo desde hace veinte años.

Concibo también que esos veinte años, vistos retrospectivamente, le parecieran apenas más largos que la semana a que limitó primeramente su ausencia. Quizá todo el asunto no fuera para él más que un intervalo en el curso normal de su vida. Cuando, pasado un tiempito más, considerara que había llegado el momento de reintegrarse a su salón, sin duda su mujer batiría palmas al contemplar de nuevo al maduro Mr. Wakefield. ¡Ay, grave error! Si el tiempo quisiera tan solo aguardar a que terminaran nuestras locuras favoritas, seríamos siempre jóvenes, todos nosotros, y hasta el día del Juicio Final.

Una tarde, al cabo de veinte años de haber desaparecido, Wakefield da su paseo de costumbre en dirección a la morada que todavía llama suya. Es una noche desapacible de otoño con frecuentes chaparrones que golpean sobre el pavimento y paran antes de que un hombre tenga tiempo de abrir el paraguas. Wakefield se detiene cerca de su casa y distingue, por las ventanas del segundo piso, la penumbra roja y el caprichoso centelleo de la chimenea. En el cielorraso se proyecta la sombra grotesca de la buena Mrs. Wakefield. La cofia, la nariz, el mentón y el ancho corpiño forman una caricatura admirable que danza al compás de las llamas casi demasiado alegremente para ser la sombra de una viuda de cierta edad. En ese instante cae un chaparrón y una ráfaga lo dirige descomedidamente a la cara y al pecho de Mr. Wakefield. Un escalofrío otoñal lo atraviesa de arriba abajo. ¿Continuará a la intemperie, empapado y temblando, cuando podría calentarse ante un fuego de leña encendido en su propia chimenea, mientras su propia mujer corre a buscarle la chaqueta gris y los pantalones de franela que, sin duda, ha conservado cuidadosamente en el armario de su aposento? ¡No! Wakefield no es tan bobo como todo eso. Sube los peldaños lentamente porque veinte años han endurecido sus piernas desde que los bajó. Pero no lo advierte. ¡Detente, Wakefield! ¿Quieres volver al único hogar que te queda? Entonces ¡entra en la tumba! La puerta se abre. Cuando Wakefield pasa vemos su cara por última vez y reconocemos la cautelosa sonrisa que precedió esa comedia que desde hace veinte años no ha cesado de representar a expensas de su mujer. ¡Cuán implacablemente se ha burlado de la pobre criatura! ¡Adios, Wakefield, te deseamos buenas noches!

Este feliz suceso —en caso de que lo sea— solo puede haber ocurrido en un momento de irreflexión. No seguiremos a nuestro amigo después que ha franqueado el umbral. Nos ha dejado muchos temas de meditación, alguno de los cuales prestara su sabiduría a una moral. En el desorden aparente de nuestro misterioso mundo, cada hombre está ajustado a un sistema con tan exquisito rigor —y los sistemas entre sí, y todos a todo— que el individuo que se desvía un solo momento corre el terrible albur de perder para siempre su lugar. Corre el albur de ser, como Wakefield, el Paria del Universo.

De lo que sucedió a un joven que se casó con una mujer violenta y de mal carácter

Don Juan Manuel

Hablaba en otra ocasión el conde Lucanor con Patronio, su consejero, y le decía:

—Patronio, uno de los que se crían en mi casa me dijo que le preparan casamiento con una mujer muy rica y más noble que él, que ese casamiento le sería muy provechoso a no ser por un defecto y es este: me dijo que le habían contado que aquella mujer es la más violenta y de más mal carácter del mundo. Os ruego que me aconsejéis si debo mandarle que se case con ella, sabiendo cómo es, o si debo decirle que no lo haga.

—Señor conde Lucanor —dijo Patronio—, si él fuera tal como fue el hijo de un excelente moro, aconsejadle que se case con ella; pero, si no fuera así, no se lo recomendéis.

El conde le rogó que le contara cómo había sucedido aquello.

Patronio le contó que en una villa vivía un buen hombre que tenía un excelente hijo; pero no era lo suficientemente rico como para emprender las acciones que su corazón le dictaba, lo cual lo tenía muy preocupado, pues le sobraba buena voluntad pero no tenía posibilidades de realizarlas.

En la misma villa vivía otro hombre mucho más honrado y rico, que tenía solamente una hija, pero esta era muy opuesta a aquel joven, pues cuanto él tenía de buenos modales, tanto más tenía ella de malos modales, por ese motivo nadie quería casarse con tal demonio.

El buen joven se acercó un día a su padre y le dijo que bien sabía que él no era tan rico como para darle un medio de vida a la altura de su honra, le convenía, entonces, hacer una vida humilde y penosa o irse de aquel lugar, pero, si a su padre le parecía bien, pensaba que lo mejor era conseguir un casamiento ventajoso que mejorara su estado. Su padre le respondió que le parecía muy bien, siempre que encontrara una joven de su conveniencia.

El hijo le respondió que, si le parecía, podría conseguir que aquel buen hombre de la villa le diese su hija como esposa. Cuando el padre escuchó esto se maravilló y le dijo que cómo se le ocurría semejante cosa, pues nadie que la conociera, por muy pobre que fuese, deseaba casarse con ella. El hijo, a pesar de todo, le pidió por favor que le concertase ese matrimonio. Tanto le insistió que, aunque al padre le pareció muy extraño, prometió hacerlo.

Se dirigió enseguida a la casa de aquel hombre, del cual era gran amigo, y le contó lo que había hablado con su hijo; le rogó que, pues su hijo se atrevía, le diese su hija en matrimonio. Al escuchar esto que le decía su amigo, el buen hombre le advirtió:

—Por Dios, amigo, si yo permitiese tal cosa, sería un mal amigo. Tenéis un hijo excelente, pienso que sería una gran maldad que yo consintiese su daño o su muerte, pues estoy seguro de que, si se casa con mi hija, lo matará o preferirá antes la muerte que, la vida. No creáis que os digo esto por no cumplir vuestro deseo; si queréis a mi hija, a mí me complace mucho dársela a vuestro hijo o a cualquiera que me la saque de casa.

Su amigo le respondió que le agradecía mucho todo cuanto le decía, pero, ya que su hijo deseaba aquel casamiento, le rogaba que consintiese en él.

El casamiento se realizó y condujeron a la novia a casa de su marido. Los moros tienen la costumbre de preparar la cena a los novios, poner la mesa y dejarlos solos hasta el día siguiente. Lo hicieron así, pero los padres y parientes del novio y de la novia quedaron muy preocupados, pensando que al día siguiente encontrarían al novio muerto o muy maltrecho.

Después que los novios quedaron solos en la casa se sentaron a la mesa y, antes de que ella tuviera tiempo de decir nada, el novio miró alrededor, vio un perro y le dijo bravamente:

—¡Perro, danos agua a las manos!

El perro, lógicamente, no lo hizo y él comenzó a enfurecerse, ordenándole más duramente aún que le diera agua a las manos, pero el perro no lo hizo. Cuando vio que no lo hacía, el amo se levantó enojadísimo, sacó la espada y se acercó al perro. Cuando el perro lo vio acercarse comenzó a huir, y él detrás, saltando entre los manteles, la mesa y el fuego, hasta que lo alcanzó, le cortó la cabeza, las patas y lo hizo pedazos, ensangrentando toda la casa.

Así, enojado y ensangrentado, se volvió a sentar a la mesa, miró alrededor; vio un gato y le dijo que le diese agua a las manos. Como no lo hizo le dijo:

—¡Cómo, don falso traidor! ¿No viste lo que le hice al perro por no obedecer mis órdenes? Prometo que, si no me obedeces, te haré lo mismo que al perro.

El gato no obedeció, pues, al igual que el perro, no está acostumbrado a dar agua a las manos. Como no lo hiciera, se levantó, lo tomó por las patas y lo arrojó contra la pared, haciéndolo cien pedazos y mostrando más saña aún que con el perro.

Así, bravo y sañudo, haciendo gestos y ademanes, volvió a la mesa y miró a todas partes. La mujer, que lo veía actuar, pensó que estaba loco o trastornado y no decía ni una palabra. Después de mirar a todos lados vio a su caballo, el único que tenía, y le dijo amenazadoramente que le diera agua a las manos. El caballo no lo hizo y, al ver esto, el hombre exclamó:

—¡Cómo, don caballo! ¿Piensas que porque no tengo otro caballo os perdonaré que no hagáis lo que os mando? Tened cuidado, porque si no haces lo que te mando, juro por Dios que te daré tan mala muerte como a los otros. No hay nadie en el mundo al que no le haga lo mismo si no hace lo que yo le mando.

El caballo se quedó quieto. Cuando vio que no cumplía su orden, se le acercó, le cortó la cabeza y, con la mayor saña, lo destrozó todo.

Al ver la mujer que mataba a su caballo, a pesar de ser el único que tenía, y que prometía hacer lo mismo con cualquiera que no cumpliera sus órdenes, pensó que ya no era broma y tenía tanto miedo que ya no sabía si estaba muerta o viva.

Él, furioso y ensangrentado, volvió a la mesa, jurando que si mil caballos, hombres y mujeres hubiera en su casa que no le obedecieran, todos serían muertos. Se sentó nuevamente y miró a todas partes, teniendo la espada ensangrentada en el regazo. Después de mirar a uno y otro lado y ver que no había nadie más, volvió los ojos a su mujer con gran enojo y le dijo teniendo la espada en la mano:

—Levantaos y dadme agua a las manos.

Ella, que no esperaba otra cosa sino ser despedazada, se levantó a prisa y cumplió la orden. Él le dijo:

—¡Cómo agradezco a Dios que hiciérais lo que os mandé! De otro modo, con la indignación que estos locos me causaron, os hubiera hecho lo mismo que a ellos.

Después le ordenó que le sirviera la comida y ella lo hizo. Cada vez que le pedía algo, se lo decía de tal modo y en tal tono que ella ya veía rodar su cabeza por el polvo.

Así pasaron aquella noche, ella nunca hablaba y solo hacía lo que él mandaba. Después se acostaron; cuando durmieron un rato, él le dijo:

—Con el enojo que pasé esta noche no puedo dormir bien. Cuidad de que nadie me despierte mañana y tenedme preparado el desayuno.

A la mañana siguiente, los padres y parientes de ambos se acercaron a la puerta de la casa y, como no escuchaban voces, pensaron que el novio estaba muerto o herido. Cuando vieron a través de la puerta a la novia y no a él, lo creyeron con más firmeza.

Ella, acercándose muy silenciosamente y con mucho miedo, les dijo:

—¡Locos traidores! ¿Qué hacéis? ¿Cómo os atrevéis a venir hasta la puerta y hablar? ¡Callad! De otro modo todos seremos muertos.

Cuando los demás escucharon esto se quedaron muy maravillados y, al saber lo que había pasado, apreciaron mucho al joven que supo hacer lo que correspondía y gobernar así muy bien su casa.

Desde entonces, la mujer modificó su carácter y llevaron una vida muy feliz.

Pasados unos días su suegro quiso hacer lo mismo que su yerno y mató un gallo. Su mujer le dijo:

—En verdad, don fulano, que os habéis acordado demasiado tarde, pues ya no os servirá de nada, aunque matéis a cien caballos. Debisteis haber comenzado antes, pues ya nos conocemos bien.

—Vos, señor conde, si aquel joven se quiere casar con tal mujer, si él fuera como aquel otro joven, aconsejadle directamente que se case, pues él sabrá cómo debe conducir su casa; pero, si fuera de tal modo que no sepa cómo cumplir con sus obligaciones, dejadle que siga su suerte. Aún más, os aconsejo que a todos los hombres con los que tengáis alguna relación les déis a entender el modo en que deben comportarse con vos.

El conde consideró que este era un buen consejo y lo siguió.

Como don Juan entendiera que este cuento era muy bueno, lo hizo escribir en este libro e hizo estos versos que dicen así:

Si desde el principio no muestras quién eres
nunca lo podrás hacer después, cuando quisieres.

El karma de ciertas chicas

Juan Forn

Ellos creían que estaban discutiendo a gritos cuando se cortó la luz. O eso hubieran creído, de tener que medir el grado de violencia de la discusión. En realidad, no gritaban para nada, ni los oía ningún vecino, otra preocupación que no se les cruzaba por la cabeza. Antes quizá sí, cuando empezó todo, como empezaba siempre, pero habían llegado a ese momento en que se dicen cosas que uno ni siquiera sabía que tenía adentro, cosas que solamente parecen ciertas en lo peor de una discusión y después no alcanza la vida para arrepentirse de haber dicho, y quedan grabadas para siempre en el rincón más vulnerable del otro. Era de día, eran las siete de la tarde y por eso no se dieron cuenta cuando se cortó la luz. Ella ya dejaba que el pelo le tapase la cara, fumaba como un vampiro y decía con voz increíblemente áspera cosas como:

—Por supuesto que estoy harta, y por supuesto que tengo razón. Vos no entendés nada. Vivís en tu burbuja, y todo lo que no te interesa lo ignoras olímpicamente. Si ves un ciego por la calle te fijás en sus anteojos, o en el perro, pero ni se te ocurre pensar que el pobre tipo necesita ayuda. Si alguien cuenta que está angustiado, lo que te asombra es que no haya ido al cine para olvidarse, como hacés vos. ¿Querías saber lo que más odio de vos? Eso. Que siempre trates de pasarla lo mejor posible. Incluso cuando se supone que estás sufriendo. Eso es lo que más odio de vos.

Mientras tanto, él no podía parar de ir y venir por el living, de morderse el labio de abajo y el de arriba y repetir:

—¿Que yo qué? ¿Ah, sí? No me digas.

Después la discusión terminó. O los agotó. Ella movió un par de veces la cabeza mientras daba la última pitada, apagó el cigarrillo y se fue por el corredor. Él no fue a ningún lado. Se sentó, por fin, y estuvo mirando por la ventana hasta que le dolió el cuello de tenerlo tanto tiempo torcido. Cuando volvió a enfocar el living se dio cuenta de que ya era de noche. No solo de eso, aunque fue lo que descubrió primero. También supo, de pronto, que ya no la quería. Peor: que ella lo dominaba. Así pensó: antes yo era salvaje, tenía polenta, no pensaba estas cosas, ella me volvió blando, ahora cuando estoy enfurecido pienso cómo tendría que mostrar que estoy enfurecido, ella es una mierda, ella tiene la culpa y es mucho más idiota de lo que cree si no piensa que yo estoy mucho más harto que ella.

Entonces pensó en otras chicas. Primero empezó a retroceder en el tiempo hasta verse menos poca cosa, hasta verse con otras chicas casi como un héroe, con otras con las cuales no había durado ni un suspiro y por eso parecía tan invulnerablemente joven. Pensó en cada una de sus novias: las que no llegó a besar, las que besó pero no llegó a enamorar del todo, las que le permitieron todo pero no le gustaban tanto. Le parecieron pocas.

Entonces pensó en aquellas con las que pudo serle infiel a ella y no le fue. Pero no tenía la absoluta seguridad de que hubieran estado realmente dispuestas. Así que pasó a las amigas de sus amigos. Empezaron a desfilar por su cabeza escenas fugaces en cocinas y pasillos, silencios levemente incómodos y cargados de sentido, miradas furtivas, torpes, intensas. Todas las escenas venían con ruido de fondo: carcajadas, música, vasos y botellas tintineando, voces que tapaban otras voces.

Cuando iba a pasar a las amigas de ella se quedó sin fuerzas. Volvió a odiarla por haberle quitado la ferocidad, por haber acelerado el paso del tiempo. Pensó en cómo creía que iba a ser a los veintisiete cuando tenía veinte. No; ese no era el problema. La casa. Eso sí. Se alivió de que hubiera espacio suficiente para que pudieran no verse o ignorarse en ese momento, y se volvió a amargar cuando pensó que uno de los dos iba a quedarse con la casa. Que uno de los dos tendría que irse (*él*, le daba odio que fuese él). Que terminarían por venderla. En la oscuridad total sintió que conocía esa casa de memoria: podía ir y venir a oscuras sin chocarse con los muebles, acertando a tientas el lugar justo del picaporte, de la manija del cajón, de la perilla de la luz. Qué importaba que ella hubiese elegido los muebles y el color de las paredes. Él trataba a la casa como a un ser vivo; él caminaba de noche por los cuartos y conocía los más mínimos murmullos y crujidos de cada ambiente; él *hablaba* con la casa cuando tenía insomnio.

Entonces pensó en todas las cosas que no había podido hacer desde que estaba con ella. No hubo enumeración, las pensó en abstracto, como un todo que le faltaba entero y absolutamente, como una sola cosa indefinible. Ella seguramente no se daba cuenta de eso, tampoco. Ella ni siquiera se atrevía a pensar cosas y no hacerlas. Ella tenía más miedo, aunque el domesticado fuese él. Se sintió más generoso, más vulnerable, más herido y heroico que ella. En realidad, se empezaba a sentir como un estúpido.

No. Estúpido no: solo. Solo como una pizza bajo la lluvia. Eso era robado: Lou, o Dylan, o Cohen, o algún otro. A oscuras uno está más solo, pensó, y eso sí que era de él. Así que siguió pensando: a oscuras de verdad, cuando hay apagón, cuando no existe la posibilidad de zafar, de prender una luz o la televisión, de poner un disco, de hojear una revista, de abrir la heladera, ni nada. A oscuras, en una casa a oscuras, en un barrio a oscuras. Como ahora.

Afuera no se oía ni siquiera el caos del tránsito sin semáforos. Nada. Se asomó por la ventana. Cerró los ojos, volvió a abrirlos. Era igual. Entonces empezó a oír algo: un rumor. El rumor del pensamiento de todos los que estaban pensando lo mismo que él. Como si, en la oscuridad, los edificios se convirtieran en una colmena cerebral hiperactiva. De cada ventana abierta salía el mismo rumor, que espesaba más la noche húmeda y silenciosa. Eso era la soledad. Eso era lo que estaban pensando todos los que estaban pensando lo mismo que él en ese momento. Que sus novias o esposas no entendían un carajo de nada; que las chicas ajenas o solas quizá sí entendieran y seguramente estarían encantadas de tener a su lado tipos así, de poder elegir.

Pensó un poco más y de pronto supo que, cuando volviese la luz, todos iban a olvidarse ipso facto de lo que habían pensado. Prenderían la televisión, pondrían la música a todo volumen, se reconciliarían con sus chicas casi sin darse cuenta, en cuanto las viesen preparar una picadita o llegar de la rotisería con un paquete humeante de canelones. Como si lo que pasaba en esa oscuridad fuese algo provisorio, para matar la espera únicamente. Como si no fuesen ellos los que pensaban sino el fastidio del apagón y de la inactividad obligada.

Pero él no. Él no iba a olvidarse de todas esas cosas. Y no solo de eso. Él empezaba a ver ahora lo que haría de su vida, a partir de ese momento. Algo sencillamente espectacular, tan simple y perfecto que le pareció increíble no haberlo pensado antes. Algo épico, solitario, altruista e insanamente divertido a la vez. Que consistiría en repetir y perfeccionar lo que se le ocurrió en un bar esa misma tarde, cuando la chica de la mesa de al lado pidió un agua mineral bien helada y él la vio tan enloquecedoramente perfecta que pensó: "Ni un guiso de mondongo te haría mella, creéme". O lo que pudo decirle a la pelirroja de pecas y cara de sueño que vio subir a su colectivo esa mañana: "Hasta que te vi mi día era en blanco y negro".

Eso era lo que iba a hacer. Porque esas dos chicas no solo eran descomunales: también parecían tener una conciencia dolorosa de su belleza. Y parecían necesitar sutiles corroboraciones para seguir conviviendo con lo que eran. No piropos, sino *dosis verbales de fe*.

Había millones de chicas por la calle que creían realmente que ser lindas era un problema, un verdadero karma que nadie parecía tomar en serio. Y él iba a convertirse en el auténtico paladín de todas esas chicas cuya belleza les exacerbaba la sensibilidad acerca de sí mismas y las inquietaba cada vez más. Una especie de peregrino sensual, inoculador de secreta fe en el corazón de las mujeres más dolorosamente hermosas que se le cruzaran por el camino, y todo por el imperativo estético de defender el áspero fulgor de esa belleza. Calculó que, si se dedicaba a fondo a eso durante digamos veinte años, a la larga tendría la casi seguridad de ser, en gran medida, el artífice de la hermosura de todas las mujeres que pisaran las calles de Buenos Aires, el visionario descubridor de aquello que sería el elemento esencial de todas ellas, su más profunda identidad.

Y la culminación de ese apostolado sería que una de ellas, la más increíblemente hermosa y lúcida, la más eternamente joven de todas, se daría cuenta y se enamoraría de él, sentiría que había una complicidad esencial entre los dos y conseguiría que él abandonara su solitario peregrinaje y se fuese con ella a ser felices para siempre.

¿Infantil? Era una idea totalmente extraordinaria. O acaso no existían hombres capaces de apreciar eléctricamente la belleza femenina y el karma que significa la belleza para esas chicas. El asunto del romance coronando su tarea era, quizás, un poquito excesivo, ¿pero quién era él para negar los milagros?

Miró el reloj: las diez y dos minutos. Se levantó del sillón y volvió a asomarse por la ventana. Iba a gritar, o algo así. Qué esperaban los de SEGBA para devolver la luz. Empezó a decir en voz baja: "Ahora, ahora, ya viene, falta poco, cada vez menos, que vuelva de una puta vez". Tanteó hasta encontrar la perilla de la lámpara. Apretó, pero nada. Respiró hondo, contó de sesenta hasta cero y volvió a probar. Nada.

Entonces empezó la picazón. De golpe, porque sí, y difusa, en distintos puntos de su cara. Se rascó con la yema de los dedos, después con las uñas, pero le picaba en el hueso. Empezó a ararse la mandíbula con las dos manos, con una suave y con la otra fuerte, y a ponerse nervioso. Pensó que se le estaba hinchando la cara, y de pronto tuvo la imperiosa necesidad de comprobar frente al espejo si su mandíbula estaba igual que siempre.

Fue hasta el baño, sin hacer ruido, descalzo como estaba. Se acercó al espejo y apoyó las manos en el vidrio. Apenas alcanzaba a distinguir un charco de negrura frente a su cara. Apoyó la frente, cerró y abrió los ojos. La picazón iba cediendo, a medida que el vidrio se entibiaba contra la piel de su cara. Pensó por qué pasaban esas cosas, por qué las disyuntivas tenían que ser así de terribles. ¿O era él que se planteaba las cosas a la tremenda? Había algo que justificaba empezar de nuevo con todo el razonamiento, pero de solo pensarlo volvió a sentir esa piedra de odio en el plexo, ya fría, cada vez más fría. Hasta de eso tenía la culpa ella, hasta el odio le había domesticado.

Entonces volvió la luz. No en el baño, pero sí en otras partes de la casa y en las ventanas del edificio de enfrente. Oyó un murmullo lejano que podía ser de decepción o alegría y empezaron a sonar de golpe televisores y radios. Él pensó: fin del interludio reflexivo, la vida continúa. Pero no se movió. Alcanzaba a distinguir los objetos que había sobre la mesada del baño, por la claridad que entraba por la ventana y llegaba del living:

el vaso con los cepillos de dientes, la Prestobarba azul, los frascos de perfume de ella.

Retrocedió dos pasos y miró hacia la ventana. Pero ahí se quedó, clavado al piso. La bañadera estaba llena de agua, y en el agua estaba ella. Desnuda, con los ojos cerrados, la frente perlada de humedad y el pelo empapado echado hacia atrás, sobresaliendo del borde, suspendido en el aire y goteando.

Pensó: está mojando el piso. Pensó: está muerta. Pero el agua se movía casi imperceptiblemente, al ritmo de la respiración de ella. Miró las tetas que subían y bajaban apenas en el agua. Pensó: está dormida, no le importa que vuelva la luz, ni siquiera se dio cuenta de que estuvimos a oscuras, porque ella no piensa, no se plantea nada, nunca va más allá de ella misma. Pensó: ya no la quiero. Pensó: y ella, ¿me querrá?

Retrocedió dos pasos más, agarró uno de los cepillos de dientes, siguió retrocediendo hasta salir del baño y se lo tiró desde ahí. Ella se despertó en el acto. Chapoteó ridículamente, estiró las piernas bajo el agua y, echando la cabeza más para atrás y un poco al costado, dijo, demasiado fuerte, como si fuese necesario que la oyeran en toda la casa:

—Miguel, ¿volvió la luz?

Él se quedó en donde estaba, aguantando la respiración. Ella volvió a llamarlo, pero esta vez dijo *Miguelito*. Él pensó: puta de mierda. Pensó: debería matarla en este momento. Después prendió la luz del pasillo y quedó con las manos apoyadas en el marco de la puerta del baño.

—¿Estabas ahí todo el tiempo? —dijo ella—. Me quedé totalmente dormida, qué increíble. ¿Es muy tarde?

—Tarde para qué —dijo él.

Ella se incorporó un poco, movió la cabeza para un lado y para el otro y se pasó la mano por la nuca.

—No sé —dijo con esa voz que a él le ponía los pelos de punta—. Para que me des un masaje, por ejemplo.

Y miró de reojo hacia la puerta.

Él seguía como hipnotizado el movimiento de la mano que iba y volvía por el cuello, debajo de la melena mojada. Sintió que algo cedía y algo se endurecía en su cuerpo, y pensó que, si realmente iba a convertirse en el paladín sensual de las mujeres, tenía enfrente una que parecía necesitar una ayudita para seguir soportando su belleza. En el momento en que se frenó delante de la bañadera ella miró hacia arriba y le dijo, formando las palabras sin sonido: *¿Hacemos las paces?* Después, la sonrisa fue atenuándosele en la boca y le empezó a brillar en el fondo de los ojos, temible y desvalida al mismo tiempo.

Mientras se metía en la bañadera, él pensó si eso que estaba pasando era el principio de una maratón altruista o apenas una claudicación más. Pero no le importó demasiado; siempre le había resultado difícil pensar adentro del agua.

La muerte

Sherwood Anderson

La escalera por donde se subía al consultorio del doctor Reefy, situado en el edificio Heffner, encima de los Almacenes de Ultramarinos de París, se hallaba débilmente iluminada. En la parte superior colgaba de la pared una lámpara con el tubo lleno de suciedad. Tenía, además, la lámpara una pantalla de hojalata completamente roñosa y polvorienta. La gente que subía por la escalera pisaba donde habían pisado millares de pies que habían subido antes. La blanda madera de los escalones había cedido bajo la presión de los pies, y el camino estaba marcado por hoyos profundos. Al llegar a la parte superior, se torcía hacia la derecha y se llegaba a la puerta del doctor. A la izquierda arrancaba un oscuro pasillo lleno de trastos inservibles: sillas viejas, bancos de carpintero, escalera de mano y cajones vacíos aguardaban en sombra la ocasión de desollar las espinillas a quien se metiera allí. Aquel montón de trastos pertenecía al almacén de ultramarinos. Cuando un mostrador o alguna anaquelería estaban de más en el almacén, los dependientes se los llevaban arriba y los tiraban al montón.

El consultorio del doctor Reefy era tan grande como un granero. En mitad del cuarto estaba instalada una estufa panzuda. Al pie de la estufa había un montón de serrín, y, para que no se desparramase, estaba rodeado de gruesos tablones clavados en el suelo. Junto a la puerta se veía una gran mesa que había formado parte, en otros tiempos, del mobiliario de la tienda de ropas de Herrick, donde servía para exhibir encima los trajes. Ahora aparecía llena de libros, botellas e instrumentos quirúrgicos. Cerca del borde de la mesa había tres o cuatro manzanas que había dejado allí Juan Español, el amigo del doctor Reefy, que tenía un vivero; las había dejado allí subrepticiamente al entrar en el cuarto.

El doctor Reefy era un hombre de mediana edad, alto y torpón. No lucía aún la barba gris que usó con el tiempo; pero sí llevaba sobre el labio superior el bigote castaño. No era un hombre de aspecto simpático, como lo fue después, en su vejez; generalmente constituía para él un problema la actitud de sus manos y sus pies.

Elizabeth Willard subía algunas veces, en las tardes de verano, las gastadas escaleras del consultorio del doctor Reefy; llevaba ya muchos años casada, y su hijo George era entonces un muchacho de doce a catorce años. Aquella mujer, de elevada estatura y naturalmente erguida, había empezado a encorvarse y caminaba silenciosa como a rastras. Iba, en apariencia, a visitar al médico por razones de salud; pero, la media docena de veces que había ido, ninguna relación directa tuvo con su salud el resultado de sus visitas. Conversaban ella y el médico acerca de la vida, más que acerca de la salud; conversaban acerca de sus dos vidas y exponían las ideas que habían ido adquiriendo mientras sus existencias transcurrían en Winesburgo.

Aquel hombre y aquella mujer continuaban sentados en la espaciosa pieza que servía de consultorio, mirándose uno a otro. Tenían muchos puntos de semejanza. Sus cuerpos eran distintos, como lo eran el color de sus ojos, el tamaño de su nariz y los detalles de su historia; pero algo había dentro de ambos que aspiraba a lo mismo, que tendía a expansionarse de la misma manera, que hubiera dejado en quien los contemplase la misma impresión. Andando el tiempo, viejo ya y casado con una mujer joven, el doctor contaba a esta con frecuencia las horas que pasara con aquella mujer enferma, y no se recataba entonces de manifestar muchas cosas que no había sabido expresar a Elizabeth.

El doctor era casi un poeta en su ancianidad, y el recuerdo de aquellas entrevistas tomó un aspecto poético.

—Había yo llegado a un momento de mi vida en que necesitaba orar; por ese motivo me inventé unos dioses, y oraba ante ellos —decía—. Mis oraciones no se concretaban en palabras, ni tampoco me arrodillaba, sino que permanecía sentado e inmóvil en mi silla. A las últimas horas de la tarde, cuando los días eran calurosos y la Calle Mayor estaba tranquila, o durante los días tristones del invierno, llegaban los dioses a mi consultorio. Creía yo que nadie lo sabía; pero me encontré con que también estaba enterada de ello cierta mujer, de nombre Elizabeth, que rendía culto a los mismos dioses. Sospecho que venía a mi consultorio porque pensaba encontrarse allí con ellos; pero, de todos modos, romper su soledad suponía para ella una satisfacción. Es un estado de ánimo que no se puede expresar, aunque supongo que lo mismo ha de ocurrir a ciertos hombres y mujeres en todas partes.

Aquellas tardes veraniegas en que Elizabeth y el doctor conversaban acerca de sus vidas, sentados en el consultorio, conversaban también acerca de las vidas de otras personas. A ratos componía el doctor epigramas filosóficos. Luego se reía por lo bajo, regocijado. De tiempo en tiempo, al cabo de un período de silencio, pronunciaba él o ella una palabra o hacían una alusión que iluminaba de una manera extraña la vida del que hablaba; un deseo se convertía en ansia; un sueño casi apagado se avivaba con un soplo de animación. Casi siempre era la mujer la que hablaba, y lo hacía sin mirar al hombre.

Cada vez que la esposa del hotelero iba a ver al doctor, hablaba con más libertad, y cuando descendía por la escalera, para salir a la Calle Mayor, se sentía renovada y fortalecida contra la monotonía de su existencia. Caminaba por la calle con una soltura propia casi de una joven. Pero al encontrarse de vuelta en su cuarto, sentada en el sillón, cerca de la ventana; cuando, ya oscurecido, venía una sirvienta del hotel a traerle la cena en una bandeja, solía dejar que la comida se le enfriara. Su pensamiento se escapaba hacia los días de su juventud; recordaba los brazos de los hombres que la habían estrechado, cuando las aventuras eran posibles para ella; recordaba especialmente a uno de los cortejadores que tuvo durante algún tiempo, y que, en los momentos de pasión, repetía como un loco, una y otra vez, hasta un centenar de veces, estas palabras: "¡Amor mío! ¡Amor mío! ¡Amor y encanto mío!". Ella creía ver en estas palabras un ideal, y habría querido ajustar a este ideal su vida.

Dentro ya de su cuarto, en el miserable hotel, empezó la mujer del hotelero a sollozar; se llevó las manos a la cara y se balanceó como si estuviera en una mecedora. Tintineaban en sus oídos las palabras de su único amigo, el doctor Reefy: "El amor es cual una brisa que agita, durante la noche tenebrosa, la hierba nacida al pie de los árboles". Y agregaba: "No hay que intentar hacer del amor una cosa concreta y estable. Quien pretenda estabilizarlo y asirlo firmemente, pasándose la vida debajo de los árboles, donde sopla la brisa nocturna, se encontrará con que llega rápidamente el día largo y caliginoso del desengaño, y cómo los labios ardientes y enternecidos por los besos se cubren con el polvillo acre que levantan los carros que pasan".

Elizabeth Willard no recordaba cómo era su madre, que había fallecido cuando ella tenía solo cinco años. Se había criado del todo al azar. Su padre era un hombre que hubiera querido que lo dejasen vivir solo, y esto no era posible cuando se tiene un hotel. También él vivió y murió como un inválido. Se levantaba todos los días con cara alegre; pero su contento se había disipado antes de que dieran las diez de la mañana. Bastaba que un huésped se quejara de la tarifa del comedor o que una de las muchachas que arreglaban las camas se casase y se despidiera, para que nuestro hombre se desesperara y empezase a dar patadas en el suelo. Por la noche, cuando estaba acostado, pensaba en su hija, que se hacía mujer entre aquella corriente de personas que iban y venían, y este pensamiento lo llenaba de tristeza. Cuando ya ella fue moza y empezó a salir de paseo al anochecer, acompañada por hombres, intentó hablarle; pero no lo consiguió. Se olvidaba siempre de lo que tenía pensado decirle, y pasaba el tiempo quejándose de la marcha de sus asuntos.

Elizabeth había intentado, durante su pubertad y su juventud, lanzarse a una existencia de verdaderas aventuras. A los dieciocho años se había enseñoreado de ella la vida tan por completo, que había dejado de ser virgen; sin embargo, aunque había tenido media docena de amoríos, antes de casarse con Tom Willard nunca se metió en una aventura impulsada solo por la fiebre carnal. Iba en busca de un verdadero amador, como todas las mujeres del mundo. Buscaba siempre a ciegas apasionadamente algo, alguna oculta maravilla de la vida. Aquella joven, alta y hermosa, de andar airoso, que se había paseado bajo los árboles en compañía de hombres, andaba como quien camina entre tinieblas, alargando la mano para agarrarse a otra mano. Y entre toda la palabrería que salía de la boca de aquellos hombres, sus compañeros de aventura, se esforzaba ella por encontrar el verdadero mundo que anhelaba.

Elizabeth se casó con Tom Willard, que estaba empleado en el hotel de su padre, porque se encontraba a mano, y porque también él pensaba en casarse cuando acarició a ella semejante propósito. Creyó, como otras tantas jóvenes, que el matrimonio modificaría la faz de su vida. Si albergaba en su imaginación alguna duda acerca del resultado de su matrimonio con Tom, había de rechazarla. Su padre estaba entonces enfermo y próximo a morir; ella, por su parte, se hallaba desorientada con la estúpida manera como había terminado una aventura en que acababa de mezclarse. Otras jóvenes de Winesburgo que tenían su misma edad se casaban con hombres a los que ella conocía de toda la vida, dependientes de almacenes y jóvenes campesinos. De noche paseaban por la Calle Mayor, acompañadas de sus maridos, y le sonreían, felices, al pasar. Empezó a colegir que el hecho de casarse pudiera quizá encerrar un sentido oculto. Las jóvenes esposas a quienes hizo preguntas le contestaban en voz baja y como ruborizadas: "Las cosas cambian cuando una tiene su propio hombre".

La víspera del casamiento, por la noche, tuvo la desorientada joven una conversación con su padre. Tiempo adelante, se preguntó más de una vez si aquella conversación no había influido en su resolución de casarse. Le habló el padre acerca de su vida, y le aconsejó que procurara no volver a meterse en otro lío como el que acababa de tener. Censuró a Tom Willard, y esto bastó para que Elizabeth saliera en su defensa. El enfermo se exaltó e intentó levantarse de la cama; como ella no se lo consintiera, empezó a quejarse:

—No he podido nunca estar solo, según habría deseado —dijo—. Aunque he trabajado con gran ahínco, no he conseguido que el hotel me rindiese beneficios. Ahora mismo estoy debiendo dinero al banco. Cuando me haya ido de este mundo, tú sufrirás las consecuencias.

La voz del enfermo vibró de ansiedad. Como no podía levantarse, alargó la mano y atrajo hasta tocar con la suya la cabeza de su hija.

—Hay una manera de que salgas del paso —susurró—. No te cases con Tom Willard ni con ningún otro hombre de Winesburgo. En mi baúl encontrarás una caja de hojalata que contiene ochocientos dólares. Tómalos y márchate de este pueblo.

La voz del enfermo adquirió otra vez un tono quejumbroso.

—Tienes que prometerme una cosa. Si no me das palabra de que no has de casarte, dámela de que no hablarás jamás a Tom acerca del dinero. Es mío, y, al dártelo, tengo derecho a hacerte esta petición. Escóndelo. Te lo doy para compensarte de mi fracaso como padre. Puede llegar un momento en que sea un recurso, una puerta abierta de par en par para ti. Vamos, te aseguro que me estoy muriendo; dame, pues, tu palabra.

Elizabeth, que era una mujer enjuta, de cuarenta y un años, se hallaba sentada en el consultorio del doctor Reefy, cerca de la estufa, con la vista baja. El doctor estaba sentado ante una mesita, cerca de la ventana. Sus manos jugueteaban con un lápiz que había sobre la mesa. Elizabeth hablaba de su vida de casada. Hablaba como en tercera persona y sin precisar acerca de su marido, sirviéndose de él como de un maniquí para dar realce a su historia.

—De modo que me casé y mi matrimonio no fue un éxito, ni mucho menos —dijo con amargura—. Casi en seguida de casada me acometió el miedo. Fue acaso porque antes de casarme sabía ya demasiado o acaso porque descubrí demasiado en la primera noche que pasé con él. No lo recuerdo. ¡Qué estúpida fui! No quise escuchar a mi padre cuando me dio el dinero y procuró disuadirme del matrimonio. Me acordaba de lo que me habían dicho mis amigas casadas, y quería casarme yo también. No era en Tom en quien yo pensaba, sino, simplemente, en casarme. Cuando mi padre se abatió, me asomé a la ventana y me puse a pensar en la vida que había llevado. Yo no quería ser una perdida. Corrían por el pueblo toda clase de chismes con respecto a mí. Hasta llegué a temer que Tom se arrepintiera.

La voz de Elizabeth empezó a temblar de emoción. El doctor Reefy, que, sin darse cuenta había empezado a enamorarse de ella, experimentó una extraña ilusión. Pensó que, a medida que aquella mujer hablaba, su cuerpo iba cambiando, se rejuvenecía, se erguía y recobraba vigor. Como no acertaba a deshacerse de aquella ilusión, le dio un giro profesional.

—Esta charla es saludable para su cuerpo y para su alma —murmuró.

La mujer empezó a referir un incidente que había ocurrido cierta tarde, meses después de su matrimonio. Su voz fue afirmándose.

—Salí, a última hora de la tarde, para pasear sola en carruaje —dijo—. Tenía un calesín y un caballito gris que me alojaban en las caballerizas de Moyer. Tom se atareaba pintando y renovando el empapelado del hotel. Necesitaba dinero, y yo estaba a punto de ceder al deseo de hablarle de los ochocientos dólares que había recibido de mi padre. Aquellos días andaba siempre con las manos y la cara sucias de pintura, y olía a pintura también. Hacía esfuerzos para levantar el viejo hotel, restaurándolo y dándole un aspecto elegante.

Elizabeth, muy excitada, se irguió en su silla e hizo un gesto rápido y juvenil con la mano, al empezar a referir su paseo solitario, en carruaje, durante aquella tarde primaveral.

—El firmamento aparecía cubierto de nubarrones y amenazaba tormenta —dijo—. El verdor de los árboles y de la hierba resaltaba de tal manera sobre el fondo negro de las nubes, que mis ojos no podían resistir aquel color. Salí hasta una milla o más allá de Trunion Pike, y luego torcí por un camino vecinal. Mi caballito avanzó con paso rápido, cuesta arriba y cuesta abajo. Yo estaba impaciente. Quería huir de ciertos pensamientos que me asaltaban. Empecé a castigar al caballo. Los negros nubarrones descendieron, y comenzó a llover. Yo habría querido seguir corriendo con una velocidad terrible, que mi carruaje avanzara y avanzara sin cesar. Habría querido escapar del pueblo, librarme de mis ropas, huir de mi matrimonio, de mi cuerpo; huir, huir de todo. Casi reventé de cansancio a mi caballo, a fuerza de hacerle correr. Cuando ya no pude más, salté del calesín y corrí en la oscuridad hasta que caí al suelo y me lastimé en un costado. Habría querido huir de todo, a la carrera; pero quería también correr hacia algo. ¿Comprende usted, querido amigo, lo que me pasaba?

Elizabeth se levantó de la silla, como movida por un resorte, y echó a andar por el consultorio. Nunca el doctor Reefy había visto andar a nadie de aquella manera. Había en todo su cuerpo un aire y un ritmo que le embriagaban. Cuando ella se acercó y se arrodilló en el suelo, junto a su silla, el doctor la estrechó entre sus brazos y empezó a besarla apasionadamente.

—Mientras regresaba al pueblo no cesaba de llorar —prosiguió Elizabeth, intentando reanudar la narración de su loca escapatoria; pero él no la escuchaba.

—¡Amor mío! ¡Amor y encanto mío! ¡Oh amor y encanto mío! —bisbiseaba, creyendo tener entre sus brazos, no a la mujer cansina, de cuarenta y un años, sino a la joven encantadora e ingenua que había conseguido, por obra de milagro, proyectarse fuera de la envoltura corpórea de aquella mujer gastada.

La muerte

Hasta después de muerta ya no volvió el doctor Reefy a ver a la criatura que había tenido entre sus brazos. Aquella misma tarde veraniega en que había estado a punto, allá en su consultorio, de convertirse en su amante, ocurrió un pequeño incidente grotesco que puso fin a su cortejo. Cuando aquel hombre y aquella mujer se abrazaban con efusión, se oyeron en la escalera fuertes pisadas; alguien subía. Los dos se pusieron desde luego en pie y escucharon, temblorosos. El que metía ruido en la escalera era un dependiente del Almacén de Ultramarinos de París. Tiró con estrépito un cajón vacío al montón de trastos viejos que había en el pasillo, y volvió a descender pesadamente por la escalera. Elizabeth salió casi en seguida. Se apagó de pronto aquella ilusión que, mientras hablaba, había adquirido dentro de ella una llama de vida. Se encontraba en un estado de histerismo, igual que el doctor Reefy, y no sintió deseos de continuar la conversación. Su sangre vibraba todavía dentro de sus venas; pero cuando salió de la Calle Mayor y vio frente a ella las luces de la New Willard House, empezó a temblar, y se le doblaban de tal manera las rodillas, que hubo un momento en que creyó que iba a desplomarse en mitad de la calle.

Aquella mujer enferma pasó los últimos meses de su vida ansiando que llegase la muerte. Avanzaba por su camino buscando algo ansiosamente. Unas veces se representaba la figura de la muerte como a un mocetón de negros cabellos, que corría por encima de las colinas; otras veces, como a un hombre ceñudo e inmóvil, que tenía marcadas en su rostro las señales y las cicatrices que le había dejado la vida. Extendía el brazo en la oscuridad de su habitación, sacándolo de entre las sábanas, y se imaginaba que la muerte extendía hacia ella su mano como un ser viviente.

—Ten paciencia, amante mío —balbucía—. Consérvate joven y hermoso, y ten paciencia.

Aquella noche que la enfermedad la estrujó con su mano implacable, deshaciendo sus proyectos de hablar a su hijo George sobre los ochocientos dólares que tenía escondidos, se levantó de la cama y se fue arrastrando por el cuarto, pidiendo a la muerte otra hora más de vida.

—Espera, amor mío. ¡El chiquillo, el chiquillo, el chiquillo! —suplicaba, esforzándose con toda su energía por apartar los brazos de aquel amante al que tan ansiosamente había estado esperando.

Elizabeth murió un día del mes de marzo, el año en que su hijo George cumplía los dieciocho. El mozuelo no tenía sino una remota noción de lo que significaba su muerte; solo con el tiempo había de comprenderlo. Llevaba un mes viéndola en su lecho, pálida, muda e inmóvil, cuando una tarde lo detuvo el doctor en el pasillo y le dijo algunas palabras.

El joven se retiró a su habitación y se encerró en ella. Experimentaba una extraña sensación de vacío en la boca del estómago. Permaneció algunos momentos con la vista fija en el suelo; luego se puso en pie de un salto, y salió a pasear. Atravesó por el andén de la estación, y fue después por las calles centrales hasta más allá del edificio de la escuela superior, pensando casi nada más que en sus propios asuntos. No llegaba a dominarlo la idea de la muerte, y hasta se sentía un poco fastidiado de que su madre hubiera fallecido precisamente aquel día. Acaba de recibir una carta de Elena White, la hija del banquero del pueblo, en respuesta a otra suya. "Podía haber ido esta noche a verla, y ahora no tendré más remedio que demorarlo", pensó con algún enfado.

Elizabeth murió un viernes, a las tres de la tarde. La mañana había sido fría y lluviosa; pero por la tarde salió el sol. Los seis últimos días de su vida había estado paralítica, sin poder hablar ni moverse; su cerebro y sus ojos eran lo único que tenía vida en aquel cuerpo. Durante aquellos días se libró en su interior una lucha, pensando en su hijo; hizo esfuerzos para pronunciar unas pocas palabras referentes a su porvenir. Era tan conmovedora la expresión de aquellos ojos, que todas las personas que la vieron conservaron durante muchos años el recuerdo de la moribunda. Hasta el mismo Tom Willard, que estaba siempre como enojado con su mujer, olvidó su resentimiento, dejando que corriesen de sus ojos lágrimas que fueron a enzarzarse en sus bigotes. Habían encanecido, y Tom se los teñía; el tinte que empleaba contenía aceite, y las lágrimas, al quedarse entre el pelo y secárselas él con la mano, formaban como una neblina muy menuda. Su cara compungida parecía la de un perrillo que ha estado a la intemperie en un día crudo.

George regresó a su casa por la Calle Mayor siendo ya de noche; entró en su habitación y, después de cepillarse los cabellos y la ropa, se dirigió, atravesando el pasillo, al cuarto donde yacía el cadáver. Sobre la mesa de tocador ardía un cirio, y en una silla cercana al lecho se hallaba sentado el doctor Reefy. Este se levantó y se dispuso a retirarse; extendió la mano como para saludar al joven, pero la retiró cohibido. La atmósfera del cuarto se hacía pesada con la presencia de aquellos dos seres semiconscientes, y el doctor se retiró de un modo precipitado.

El hijo de la difunta tomó asiento en una silla y clavó los ojos en el suelo. Volvió a pensar en sus propios asuntos y resolvió definitivamente cambiar de vida, abandonar Winesburgo. "Me marcharé a alguna ciudad. Tal vez consiga algún empleo en cualquier periódico". Así discurría, y su pensamiento se escapaba hacia la muchacha en cuya compañía debía haber pasado la velada; de nuevo se sintió medio enojado por el giro que tomaban los acontecimientos, impidiéndole acudir a la cita de la joven.

En la penumbra del cuarto, junto al cadáver, empezó el mancebo a reflexionar. Su cerebro se entretenía con pensamientos de vida, así como el de su madre solía entretenerse con pensamientos de muerte. Cerró los ojos, y se imaginó que los rojos labios de Elena White rozaban los suyos. Su cuerpo se estremeció, y sus manos se agitaron violentamente. Entonces ocurrió algo. El muchacho se puso en pie de un salto y permaneció rígido. Volvió su vista hacia el cadáver que se marcaba debajo de las sábanas y se apoderó del joven un sentimiento tal de vergüenza por sus propios pensamientos, que rompió a sollozar. Surgió en su cerebro una nueva idea, y se volvió para mirar a su alrededor con un sentimiento de culpabilidad, como si temiese que alguien estuviera observándolo.

Acometieron a George Willard unas ansias locas de levantar la sábana que cubría el cuerpo de su madre y contemplar sus facciones. Aquel pensamiento lo acuciaba de una manera terrible. Llegó a adquirir la convicción de que no era su madre quien yacía allí, sino alguna otra persona. Era la suya una certidumbre tal, que se le hacía casi insoportable. Aquel cadáver que había debajo de la sábana era el de una persona alta, y la muerte parecía haberle dado juventud y gracia. Al mozalbete, obsesionado por alguna fantasía extraña, se le antojaba de un encanto indecible. Tan abrumador se hizo aquel sentimiento de que el cuerpo que tenía delante estaba vivo, de que de un momento a otro iba a saltar del lecho ante él una mujer adorable, que el joven no pudo soportar la incertidumbre. Varias veces alargó y volvió a retirar su mano. Llegó una hasta tocar y medio levantar la blanca sábana que la cubría; pero se acobardó y salió del cuarto, lo mismo que había hecho el doctor Reefy. Al encontrarse fuera, en el corredor, se detuvo y empezó a temblar, teniendo que apoyarse con una mano en la pared.

—No es mi madre, no es mi madre la que está ahí —balbucía; y tornó a estremecerse de terror e incertidumbre.

Cuando la señora Elizabeth Swift, que había ido a velar el cuerpo, salió de una habitación contigua, puso George su mano en las de ella y estalló en sollozos, moviendo de un lado al otro la cabeza, medio ciego de dolor:

—Mi madre ha muerto —dijo, y olvidándose de la mujer, se volvió y se quedó mirando hacia el interior de la estancia de donde acababa de salir.

Y el muchacho, como impulsado por alguna fuerza ajena a él, murmuraba en alta voz:

—¡Amor, amor, amor y encanto!

Por lo que respecta a los ochocientos dólares, que durante tanto tiempo había tenido escondidos la difunta con el propósito de que sirviesen para que George iniciara su carrera en la ciudad, hay que decir que se encontraron en una caja de metal escondida detrás del zócalo de yeso, junto a una pata de la cama de su madre. Elizabeth la había colocado allí una semana después de su matrimonio, separando el zócalo con un palo. Luego llamó a uno de los obreros que trabajaban para su marido aquellos días y le pidió que arreglase la pared.

—Di un golpe con la esquina de la cama —dijo como explicación a su marido, no sintiéndose capaz entonces de renunciar a sus sueños de liberación.

Solo dos veces, en resumidas cuentas, consiguió esta liberación durante su vida; fue en los dos momentos en que la estrecharon entre sus brazos sus dos amantes: la Muerte y el doctor Reefy.

Las bodas de plata

Rosa Montero

Me he enterado después de que la idea original fue de los gemelos. Los gemelos tienen quince años y nacieron de una reconciliación de Miguel y Diana. Se ve que se reconciliaron con fruición, porque les salieron repetidos. Miguel y Diana son nuestros padres, pero los llamamos así en vez de papá y mamá porque son bastante jóvenes y bastante modernos, y porque están empeñados en ser nuestros amigos en vez de nuestros padres, que es lo que de verdad deberían ser y lo que necesitamos desesperadamente como hijos. Pero ya se sabe que esa generación de cuarentones anda con la cabeza perdida.

Decía que la idea fue de los gemelos, aunque a mí me llamó Nacho, que es el segundo. Yo soy la mayor y la única que trabaja: escribo textos para publicistas. Así que Nacho me llamó a la agencia y me dijo que Miguel y Diana iban a cumplir las bodas de plata, y que habían pensado en hacerles una fiesta sorpresa, y traer a los abuelos del pueblo, y convocar a los tíos y a los amigos. Eso me dijo entonces Nacho, y ahora que sé que fue cosa de los gemelos lo entiendo mucho mejor, porque son unos románticos y unos panolis y se pasan todo el día viendo telefilmes, de modo que se creen que la vida es así, como en televisión, en donde el cartel de *fin*

149

siempre pilla a los protagonistas sonriendo, hay que ver lo contentos que terminan todos los personajes y sobre todo lo mucho que se quieren; la tele es un paraíso sentimental que rezuma cariño por todas partes. De modo que los gemelos, que nunca han tenido una fiesta sorpresa en su puñetera vida, pensaron que ya era hora de que Bravo Murillo, que es la calle en donde vivimos, se pareciera un poco a California.

Pero el caso es que el paso elevado de Cuatro Caminos no es el Golden Gate, y mis padres no son artistas de película. Por ejemplo: Miguel lleva en paro desde hace dos años, y aunque le dieron quince millones de indemnización y aún no tienen problemas económicos, el hombre deambula por la casa como afantasmado, y a veces se acuesta después de comer y ya no se levanta en toda la tarde, y no pone música ni lee ni corre por el parque ni hace ninguna de todas esas cosas que antes decía que le gustaría hacer si no tuviera que trabajar, y sólo se afeita una vez cada cuatro o cinco días. Yo aconsejé a los gemelos que hicieran la fiesta sorpresa en uno de esos raros días en los que mi padre se rasura, porque si no iba a tener aspecto de gorrino.

En cuanto a Diana, anda de cabeza entre su trabajo y la casa, y le saca de quicio que Miguel no la ayude.

—Solo me faltaba dedicar mi vida a hacer la compra —dice Miguel con aire de dignidad ofendida.

—¡Machista, inútil! Solo te pido que colabores un poco en vez de estarte todo el día aquí como un pasmarote sin hincarla —contesta mamá.

—Estoy buscando trabajo y eso lleva su tiempo —insiste él, aún más digno y más ultrajado.

—Y luego bien que te gusta comer a mesa puesta y olla caliente, bien que le gusta al señor tenerlo todo dispuesto y arreglado... —prosigue impertérrita Diana: he observado que cuando discuten no se escuchan, sino que cada uno va soltando su propio discurso en paralelo.

—No me entiendes, nunca me has entendido, te crees una persona muy importante, no eres capaz del más pequeño gesto de generosidad y de ternura, yo aquí hecho polvo y tú tienes que venir a fastidiarme con que si hago la compra, qué mezquindad la tuya...

—Y la culpa la tengo yo, claro. La culpa la tengo yo por consentirte tanto. Todo este tiempo viviendo como un califa y yo aperreada, que si los niños, que si la oficina, que jamás me has ayudado, nunca, nunca jamás, ni cuando estuve enferma, y ahora que no tienes nada que hacer, y que solo te pido que me eches una mano, ¡si además te vendría bien para salir del muermo!, pues nada, venga a hacerte la víctima. Y pensar que llevo aguantándote así ya no sé cuántos años...

Verdaderamente creo que no era el momento más oportuno para festejar lo de las bodas de plata. Aconsejé a los gemelos que dejaran la celebración para el año siguiente, pero son unos pazguatos ritualistas e insistieron en que los veinticinco años se tienen que festejar a los veinticinco años, y no a los dieciséis o a los veintisiete. Por lo que yo sé, y ya llevo un montón de años con ellos (tengo veintidós), Miguel y Diana han tenido siempre unas relaciones un poco... ¿cómo decir? Difíciles. A veces se llevan bastante bien, a veces regular y a veces mal. Los últimos meses antes de las bodas de plata fueron horribles. Además, antes se reprimían un poco porque los gemelos eran pequeños, esa es una de las pocas cosas que hay que agradecerles a ese par de criaturas duplicadas: que Miguel y Diana se mordieran la lengua y procuraran no mantener lo más ardiente de sus batallas frente al público, de modo que, antes, nosotros solo asistíamos a las escaramuzas de los comienzos o a la fría inquina de las treguas. Un alivio. Pero un día nuestros padres decidieron que los gemelos ya habían alcanzado altura suficiente como para ser testigos de cualquier disputa, y se lanzaron a fastidiarse el uno al otro a tumba abierta.

—Que sí, que es un inútil, que lo digo con todas las letras, vuestro padre es un inútil, no os vayáis, no me importa que me oigáis, mejor, ya tenéis edad para enteraros de quién es vuestro padre —decía Diana.

—Miradla, miradla, mirad a vuestra madre, que no se os olvide esta energúmena, y luego ella me dice a mí que yo soy machista, ella sí que es machista y bruta, mirad bien cómo es —contestaba Miguel.

Momento que aprovechaban los gemelos para irse a ver la televisión y chutarse unos cuantos finales felices de telefilme en las entendederas.

He de admitir, sin embargo, que me convencieron. Lograron convencerme mis hermanos para que respaldara la fiesta sorpresa, tal vez porque todos llevamos muy dentro de nosotros la esperanza de que la vida sea un cuento rosa, que los policías sean siempre buenos y los gobernantes magnánimos y los ricos generosos y los pobres dignos y los intelectuales honestos y los padres coman perdices con las madres (o viceversa) por los siglos de los siglos.

—La verdad, Nacho, últimamente no hacen más que regañar, yo no sé si será adecuado... —protesté débilmente.

—Pues justo por eso, hay que festejar que hayan cumplido juntos un cuarto de siglo a pesar de las broncas, es un prodigio de supervivencia, si se llevaran bien no tendría ningún mérito —contestó mi hermano.

Y hube de reconocer que tenía su parte de razón en el argumento.

Entonces comenzaron los preparativos clandestinos. Los gemelos se lo comunicaron a los abuelos, que se mostraron encantados. Yo hablé con tío Tomás, el único pariente de mi madre, y también dijo que estaba dispuesto a venir desde Lisboa. Y Nacho avisó a las hermanas de Miguel. A tía Amanda, que es de buen conformar, le pareció muy bien. Y tía Clara, que, pese a su nombre, es un personaje fastidioso y oscuro, torció el gesto. Esto no lo vio Nacho, porque habló con ella por teléfono; pero yo sé que torció el gesto, porque entre tía Clara y Miguel media un mar de rencillas añejas, celos fraternales e impertinencias mutuas. Tal y como he podido reconstruir después, Clara se apresuró a telefonear a Amanda.

—Que dicen que quieren darles una fiesta sorpresa.

—Ya. Es una idea bonita, ¿no? —contestó Amanda en plena inopia.

—¿Qué dices? Menuda estupidez. Una fiesta sorpresa. A tu hermano, con lo borde que es. Yo, desde luego, no pienso ir si Miguel no me invita expresamente.

—Pero, Clara, no puede invitarte, en eso consisten precisamente las fiestas sorpresa, en que ellos no saben que se va a celebrar.

—Ah, pues eso sí que no. Yo no voy así. ¡Que se lo digan! Yo no voy a su casa sin más ni más, sin que él lo sepa. ¡Faltaría más! Ya me juré las pasadas navidades que no volvería a poner un pie en casa de Miguel, por lo grosero que estuvo conmigo. Como para ir ahora a bailarles el agua tan contentos y tan ilusionados y que luego él ponga cara de perro, como siempre. Ni hablar. O le preguntáis si le parece bien que le den una fiesta sorpresa, o no voy —sentenció Clara.

Así que Amanda llamó a los abuelos y les comunicó el ultimátum de su hermana, y los abuelos llamaron preocupadísimos a los gemelos y les contaron lo que pasaba, y los gemelos se lo dijeron a Nacho y Nacho me lo dijo a mí, y heme aquí otra vez en mi vida teniendo que apechugar con las malditas consecuencias de ser la mayor.

—Que qué hacemos —dijo Nacho.

—Y yo qué sé. Ha sido idea vuestra, sondeadles a ver cómo respiran, arreglaos solos que ya sois mayorcitos —contesté con firmeza.

Lo cual no me evitó el tener que hablar con mi padre al día siguiente. Con todo el tacto y la naturalidad de que fui capaz le comenté que habíamos caído en la cuenta de que iban a cumplir las bodas de plata, y que a mis hermanos y a mí se nos había ocurrido que podríamos hacer una celebración por todo lo alto, con los tíos y los abuelos y los amigos, y que... No pude decir más. Me fastidia tener que darle la razón a la quisquillosa tía Clara, pero es cierto que Miguel está imposible. Cortó mi explicación con un exabrupto y dijo que ni se había percatado de los años cumplidos porque no perdía el tiempo en tonterías tales como llevar la cuenta. Dijo también que no le apetecía para nada una fiesta y que le horrorizaba el solo pensamiento de tener que aguantar por unas horas a la familia en pleno. Y por último me largó una resonante perorata sobre los aniversarios y el Día de la Madre y las bodas de plata y San Valentín, festejos que, según él, habían sido inventados pérfidamente por El Corte Inglés como añagaza capitalista para obligar al pueblo embrutecido a gastarse las perras en innecesarias fruslerías, perpetuando así el disparate consumista en que vivimos. Ahí ya me di cuenta de que mi padre se encuentra en plena crisis, porque hacía ya mucho que no soltaba uno de los discursos marxistas de su juventud, y solo recurre a ellos cuando está hecho polvo.

De modo que se lo dije a Nacho, y Nacho se lo dijo a los gemelos, y devolvimos el televisor pequeñito que les habíamos comprado como regalo en El Corte Inglés, y entre todos les comunicamos la cancelación del plan a los abuelos, a las tías, a tío Tomás y a los demás amigos; y los abuelos se llevaron un disgusto de muerte, Clara dijo *loveisyalosabía*, Amanda comentó que qué aburrimiento de familia y el tío Tomás se puso furioso porque quién era Miguel para decidir por él y por su mujer. Y ello es que, en el calor de la irritación, Tomás llamó desde Lisboa a su hermana, o sea, a mi madre, y le contó toda la historia, que hasta ese momento ella ignoraba por completo. Y por la noche, cuando llegaron los gemelos del colegio, se encontraron a Diana llorando desconsoladamente y diciendo que a ella le hubiera hecho tantísima ilusión que le organizaran una fiesta sorpresa y celebrar sus bodas de plata, máxime cuando las primeras bodas de verdad fueron de chichinabo, porque entonces eran los

dos progres y pobres y además Miguel estaba haciendo la
mili en África y les casó un domingo un cura obrero en
una iglesia de extrarradio que era un horroroso galpón
prefabricado, un lugar feísimo sin una sola flor en un
florero, y los dos estaban vestidos con vaqueros, y solo
asistieron cuatro amigos, y luego lo celebraron tomando un café con churros en el bar de la esquina y después
Miguel se tuvo que coger el tren para Melilla. De modo
que ayayay, cómo le hubiera gustado ahora festejarlo y
comprarse un traje bonito y tener a toda la familia y a
todos los amigos y comer cosas ricas y recibir regalos y
celebrar que llevaban tantos años juntos pese a todo y que
tenían cuatro hijos guapísimos. Y alcanzado este punto
también los gemelos empezaron a llorar sincronizada-
mente, y así los descubrió Nacho cuando regresó a casa,
los tres abrazados los unos a los otros y empapados en
lágrimas; así que mi hermano me esperó esa noche hasta
que yo llegué para contármelo, y tal como él me lo dijo
yo lo he reflejado.

Bien. Entonces, al día siguiente, Nacho coincidió a la
hora del desayuno con mi padre; y como quiera que los
gemelos estaban indignados y le habían retirado osten-
tosamente el saludo a Miguel, este le preguntó a Nacho
que qué pasaba. Y mi hermano, aún turbado por la escena del día anterior y por el hecho de no haber podido
desahogarse llorando (él cree, tiene veinte años, que llorar no es de hombres), le describió a Miguel con minuciosa saña el melodrama de la víspera y las amargas quejas
de Diana, hecho lo cual se marchó muy satisfecho a la
universidad. Dos horas más tarde me llamó mi padre a
la agencia sumido en la más negra de las desesperaciones

y empezó a darse golpes de pecho metafóricos: se sentía tan culpable, era tan insensible y tan imbécil, cómo podía haberse portado de ese modo, la depresión te vuelve un egoísta, se encontraba arrepentidísimo de haberle estropeado la fiesta a todo el mundo y quería arreglarlo como fuera: estaba dispuesto a hablar con todos para disculparse debidamente y rogarles que siguieran adelante con los planes. Y ahí es cuando comprendí que mi padre estaba como nunca de mal, porque solo le había visto hacer una demostración de humildad semejante en otra ocasión, y fue cuando estuvo a punto de morir con la peritonitis. Así que me apresuré a decirle que sí, que por mí todo olvidado y que estupendo.

Y, en efecto, Miguel pidió perdón a los gemelos y a Nacho, y luego llamó a todos los implicados uno a uno, con diligente entrega y palabras amables y modestas. De modo que a los dos días ya había amansado a Clara y a Tomás, llegado a un cordial entendimiento con Amanda y deleitado a los abuelos, que estaban felices de ver que por fin todo se enderezaba.

Pero no.

No porque entonces Diana dijo que una fiesta sorpresa que todo el mundo conocía ya no era más una fiesta sorpresa; y que entonces ella no quería fiesta alguna, porque no estaba para celebraciones teniendo un marido que no pensaba nunca en su mujer y que le amargaba la vida de ese modo y que había conseguido matar la sorpresa de la única fiesta sorpresa de su vida; y que esas cosas eran tan irreversibles como perder la inocencia o un dedo o el pelo de la cabeza o el apéndice; ya no podría ser sorpresiva la fiesta sorpresa de la misma manera que ya no podría regresar ninguno de los dos a los veinte años, que fue la edad a la que se casaron. Y diciendo esto se puso a llorar otra vez, de modo que Miguel telefoneó de nuevo a todo el mundo y les comunicó, tan triste como un perro abandonado, que se habían cancelado definitivamente las bodas de plata.

Cayó entonces sobre nosotros un silencio ensordecedor: después de tantas llamadas y de tantas palabras airadas o entusiastas que nos habíamos cruzado, esta súbita calma chicha era la paz de los cementerios. En verdad parecía que estábamos de luto. Así, comidos por el silencio, rumiamos todos nuestra desilusión durante varios días.

Y entonces tuve una idea genial, la mejor idea de toda mi vida. ¿Y si volviéramos a empezar desde el principio? Puesto que ahora tanto Miguel como Diana estaban seguros de que no iban a celebrar sus bodas de plata, ¿por qué no organizarles una fiesta sorpresa? Llamé a Nacho, él habló con los gemelos, los gemelos telefonearon a los demás. Milagro: esta vez no se oponía nadie. Volvimos a comprar la tele, dibujamos un pergamino alusivo, reservamos un hotel para Tomás y los abuelos, diseñamos un plan con todos los amigos. Trabajamos durante una semana como locos.

Esta historia tiene un final feliz: después de todo, los gemelos consiguieron su telefilme. Llegó el día del aniversario, que era un viernes, y a eso de las ocho de la tarde aparecimos todos súbitamente en casa: habíamos quedado previamente en el bar de la plaza. Los gemelos lo habían organizado todo muy bien para ser, como son, adolescentes y mutantes, y empezaron a sacar bandejas y bandejas de rica comida que habían adquirido a escondidas en Mallorca. Sé que a Miguel y a Diana les gustó la sorpresa, sé que se emocionaron. Se fueron corriendo al dormitorio para ponerse guapos, mi padre para afeitarse, mi madre para vestir el traje rojo tan bonito que le traía Tomás de regalo. Cuando volvieron a aparecer, oliendo a *after shave* y al perfume bueno que Diana reserva para las ocasiones, los encontré muy guapos y muy jóvenes. Brindaron con champán y se dieron un beso, un beso de verdad que me dejó turbada: porque puedo llamarlos Miguel y Diana, pero no por ello dejan de ser mis padres.

Al día siguiente volvieron a discutir y enrabietarse, volvieron a mirarse como enemigos. Pero yo había descubierto, la noche de la fiesta, que también sabían mirarse de otro modo; y la sorpresa de ese beso de amantes me hizo pensar que quizá no los conozca ni los entienda; y que si han estado tantos años juntos será por algo. Porque, además de esas broncas a las que nosotros asistimos cada día, hay otras complicidades y otras complicaciones que los unen: un entrañamiento de vidas y pasado, una intimidad secreta y solo suya, puede que incluso una necesidad de maltratarse. Es tan rara la vida de los matrimonios...

Una noche en Wingdam

Francis Bret Harte

Había corrido en diligencia y me sentía atontado por el movimiento de todo el día. Cuando al caer de la tarde descendimos rápidamente al pueblecito arcadiano de Wingdam, resolví no pasar adelante y salí del carruaje en un estado sombrío y dispéptico. Me oprimían aún los efectos de un pastel misterioso contrarrestados un tanto por un poco de ácido carbónico dulcificado que con el nombre de "limonada carbónica" me había servido el propietario del mesón Medio Camino. Ni siquiera alcanzaron a interesarme las *facetiae* del galante mayoral que conocía los nombres de todo el mundo en el camino; que hacía llover cartas, periódicos y paquetes desde lo alto de la vaca; que mostraba sus piernas en frecuente y terrible proximidad a las ruedas, subiendo y bajando cuando íbamos a toda velocidad; cuya galantería, valor y conocimientos superiores en el viaje nos anonadaban a todos los viajeros, reduciéndonos a un silencio envidioso, y que cabalmente entonces estaba hablando con varias personas y haciendo manifiestamente alguna otra cosa al mismo tiempo. Me quedé sombríamente de pie con mi manta y mi saco de noche bajo el brazo, contemplando la diligencia en marcha, y eché una mirada de despedida al galante conductor, mientras, colgado del imperial por una pierna, encendía el cigarro en la pipa de un postillón que corría. Luego me volví hacia el sombrío hotel de la Templanza, de Wingdam.

Fuese a causa del tiempo o a causa del pastel, lo cierto es que la fachada no me hizo favorable impresión. Tal vez era porque el rótulo extendido a lo largo de todo el edificio, con letras dibujadas en cada ventana hacía resaltar de mala manera a aquellos que miraban por ellas, o quizá porque la palabra templanza siempre ha despertado en mí la idea de bizcochos y té flojos. En verdad, la cosa no convidaba. Se la podía haber llamado Fonda de la Abstinencia, según era la falta de todo lo necesario para deleitar o cautivar los sentidos. Presidió sin duda su construcción cierta tristeza artística. Era excesivamente grande para el campamento y tan destartalada, que parecía poco preferible al aire libre. Tenía además una desagradable condición: se sentían en ella la humedad del bosque y el olor del pino. La naturaleza violentada, pero no sometida del todo, retoñaba en lagrimillas resinosas, por puertas y ventanas. Me pareció que instalarse allí debía de asemejarse a pasar un día de campo perpetuo. Cuando entré por la puerta, los habituales huéspedes de la casa salían de un profundo comedor y se esforzaban en quitarse por la aplicación del tabaco en varias formas, el sabor detestable de la comida. Algunos se colocaron inmediatamente en torno de la chimenea, con las piernas sobre las sillas y en aquella postura se resignaron silenciosamente a la indigestión.

Recordando el pastel, no acepté la invitación que para cenar me hizo el posadero, pero me dejé conducir a la sala. Era el tal posadero un magnífico tipo barbudo del hombre animal. Me recordó algún personaje dramático. Sentado junto al fuego, pensaba para mis adentros cuál podría ser, esforzándome en seguir el hilo de mis memorias hacia el revuelto pasado, cuando una mujercita de tímido aspecto apareció en la puerta y, apoyándose pesadamente contra el marco, dijo en tono exánime:

—¡Marido!

Cuando el posadero se volvió hacia ella, el singular recuerdo dramático centelleó claramente ante mí en un par de versos:

Dos almas con un solo pensamiento
y palpitando acorde el corazón...

Eran Ingomar y Partenia, su mujer.

Imaginé para el drama un desenlace distinto: Ingomar se había traído a Partenia a la montaña, donde tenía un hotel en beneficio de los *allemani*, que acudían allí en gran número.

La pobre Partenia iba bastante cansada y desempeñaba el trabajo sin criados. Tenía dos *bárbaros* pequeños aún, un niño y una niña; estaba ajada, pero era todavía bonita.

Me quedé sentado hablando con Ignomar, que parecía hallarse en su centro. Refirió varias anécdotas de los *allemani*, que exhalaban todas un fuerte aroma del desierto y manifestó sentimientos en cabal armonía con la siniestra casa: habló de cómo Ignomar había matado algunos osos terribles, cuyas pieles cubrían su cama; de cómo cazaba gamos, de cuya piel hermosamente adornada y bordada por Partenia, se vestía; de cómo había matado a varios indios y de cómo él mismo estuvo una vez a punto de ser desollado. Todo esto con el ingenuo candor que tan bien sienta en un bárbaro, pero que un griego hubiese considerado de relumbrón.

Pensando en la fatigada Partenia, comencé a considerar que hubiera hecho mejor en casarse con el antiguo griego del drama; al menos habría vestido siempre decente y sin aquel traje de lana pringado por las comidas de un año entero; no se hubiese visto obligada a servir a la mesa con el cabello sin peinar, ni se hubieran colgado de sus vestidos los dos niños con los dedos sucios, arrastrándola insensiblemente hacia la tumba.

Supuse que el pastel me había metido en la cabeza ideas tan irracionales e incoherentes, de manera que me levanté y dije a Ingomar que quería acostarme.

Precedido del temible bárbaro que blandía una vela de sebo encendida, subí por la escalera, hacia mi cuarto. Me dije que era el único que tenía con una sola cama y que lo había construido para los matrimonios que pudiesen parar allí; pero que no habiéndose presentado aún ocasión, lo había dejado a medio amueblar. Uno de los muros estaba tapizado y el otro tenía grandes resquebrajaduras. El viento que soplaba constantemente sobre Wingdam penetraba en el aposento por diferentes aberturas; la ventana era sobrado pequeña para su rompimiento, donde colgaba y chirriaba. Todo me parecía repugnante y descuidado. Antes de retirarse Ingomar, me trajo una de las pieles de oso y, echándola sobre una especie de ataúd que estaba en un rincón, aseguró que me abrigaría cómodamente y me dio las buenas noches.

Me desnudaba cuando la luz se apagó a la mitad de esta operación; me acurruqué bajo la piel de oso y traté de acomodarme para dormir. Sin embargo, estaba desvelado. Oí el viento que barría de arriba abajo la montaña, agitaba las ramas de los melancólicos pinos, entraba luego en la casa y forcejeaba en todas las puertas del corredor. A veces fuertes corrientes de aire esparramaban mi cabello sobre la almohada con extraños gemidos. La madera verde de las paredes despedía humedad, que penetraba aun a través de la piel de oso. Me sentí como Robinson Crusoe en su árbol, después de retirar la escalera, o bien como el niño mecido al arrullo de una canción. Después de media hora de insomnio, sentí haberme parado en Wingdam. Al final del tercer cuarto de hora me arrepentí de haberme acostado y al cabo de una hora de inquietud, me levanté y me vestí. Pensé que había visto lumbre en la sala común; y que tal vez estaba ardiendo todavía. Abrí la puerta y seguí a tientas el corredor que resonaba con los ronquidos de los *allemani* y con el silbido del viento nocturno. Me resbalé escaleras abajo, y por fin entrando en la sala vi que ardía aún el fuego. Acerqué una silla, lo removí con el pie y me quedé atónito. A la luz del hogar, noté a Partenia sentada allí también, con una criatura de aspecto decaído en los brazos.

Le pregunté por qué estaba levantada todavía.

—No se acostaba los miércoles hasta la llegada del correo, para llamar a su marido si había pasajeros que servir.

—¿No se cansaba a veces?

—Un poco, pero Abner (el nombre del bárbaro) le había prometido darle quien le ayudase, a la primavera siguiente, si el negocio iba bien.

—¿Cuántos huéspedes tenían?

—Contaba que acudirían unos cuarenta a las comidas de hora fija y había parroquia de transeúntes, que eran tantos como ella y su marido podían servir, pero él trabajaba mucho.

—¿Qué trabajo?

—¡Oh! Descargar leña, llevar los equipajes de los mercaderes...

—¿Cuánto tiempo hacía que estaba casada?

—Unos nueve años; había perdido una niña y un niño y tenía otros tres. Él era de Illinois; ella de Boston. Se había educado en la escuela superior de niñas de Boston; sabía un poco de latín y griego y geometría. La madre y el padre muertos. Vino sola a Illinois para poner escuela; lo vio; se casaron... un casamiento por amor... (*Dos almas...*, etc.). Después emigraron a Arkansas; desde allí, a través de las llanuras hasta California, siempre a orillas de la civilización: a él le gustaba aquello.

—Alguna vez deseaba quizá volver a su casa.

—También le hubiera gustado por motivo de sus niños. Quisiera darles alguna educación. Ella les había enseñado algo, pero no mucho a causa del excesivo trabajo. Esperaba que el hijo fuera como su padre, fuerte y alegre: temía que la niña se pareciese más bien a ella. Había pensado a menudo que no estaba educada para ser la mujer de un *pioneer*.

—¿Por qué?

—No era bastante fuerte, y había visto las mujeres de los amigos de su marido, en Kansas que podían hacer más trabajo; pero él no se quejaba: ¡Era tan bueno! (*Dos almas...*, etc.).

La contemplé a la luz del hogar cuyos reflejos jugueteaban en sus facciones ajadas y marchitas, pero finas y delicadas aún. Con la cabeza apoyada en una mano y actitud pensativa, tenía en los cansados brazos al niño enfermizo y medio desnudo; a pesar del abandono, de la suciedad y de sus harapos conservaba un resto de pasada distinción y no es de extrañar que no me sintiera yo entusiasmado por lo que ella llamaba la "bondad" del bárbaro.

Animada por la simpatía, me dijo que poco a poco había abandonado lo que imaginaba ser debilidades de su primera educación, pero notaba que perdía sus ya escasas fuerzas en este nuevo estado. Transportada de la ciudad a los bosques se vio odiada por las mujeres que la tachaban de orgullosa y presumida; por este motivo perdió su marido la popularidad entre los compañeros y arrastrado en parte por sus instintos aventureros y en parte por las circunstancias, la llevó a California.

Prosiguió la narración del triste viaje. Del camino recorrido no quedaba en su memoria otro recuerdo que el de un desierto inmenso y desolado, en cuya uniforme llanura se levantaba un pequeño montón de piedras, la tumba de su hijo. Venía observando que Guillermito enflaquecía y lo hizo notar a Abner, pero los hombres no entienden de criaturas. Además, estaba fastidiado por llevar la familia en el viaje.

Sucedió que después de pasar Sweetwater, iba ella caminando una noche al lado del carruaje y mirando al cielo del oeste, cuando oyó una vocecita que decía "¡Madre!", miró en el interior del carromato y vio que Guillermito dormía descansadamente y no quiso despertarlo; un momento después oyó la misma voz que repetía "¡Madre!", volvió al carruaje, se inclinó sobre el pequeñuelo y recibió su aliento en la cara, y otra vez lo arropó como pudo y volvió a emprender la marcha a su lado, pidiendo a Dios que lo curase, y con los ojos levantados hacia el cielo, oyó la misma voz que por tercera vez la llamaba: "¡Madre!", y en seguida una grande y brillante estrella se corrió, apartándose de sus hermanas y se apagó, y presintió lo que había sucedido y corrió al carromato otra vez, tan solo para estrechar sobre su cansado pecho una carita desencajada, blanca y fría. Al llegar aquí llevó a los ojos sus manos delgadas y enrojecidas y por algunos momentos permaneció silenciosa. El viento sopló con furia en torno de la casa y dio una embestida violenta contra la puerta de entrada, mientras que Ingomar, el bárbaro, en su lecho de pieles de la trastienda, roncaba pacíficamente.

—¡Por supuesto que en el valor y la fuerza de su marido habría encontrado siempre una protección contra las agresiones y los ultrajes!

—¡Oh, sí! Cuando Ingomar estaba con ella, no temía nada; pero era muy nerviosa; y un día le dieron un susto serio.

—¿Cómo?

—Acababan de llegar a California. Establecieron una casa de bebidas y vendían licores a los tratantes. Ingomar era hospitalario, y bebía con todo el mundo por el aliciente de la popularidad y del negocio; a Ingomar comenzó a gustarle el licor y acabó por aficionarse a él. Una noche en que había mucha gente y ruido en la cantina, ella entró para sacarle de allí, pero únicamente

logró despertar la grosera galantería de los alborotado-
res semiborrachos, y cuando por fin consiguió ya llevár-
selo al cuarto con sus espantados hijos, él se dejó caer
sobre la cama como aletargado, lo que le hizo creer que
el licor tenía algún soporífero. Y permaneció sentada a
su lado durante toda la noche. Al amanecer oyó pisadas
en el corredor, y mirando hacia la puerta vio que levan-
taban sigilosamente el pestillo, como si intentaran abrir
la puerta; sacudió a su marido para despertarlo, pero en
vano; finalmente la puerta cedió poco a poco por arriba
(por abajo tenía corrido el cerrojo) como a una presión
exterior gradual, y una mano se introdujo por la aber-
tura. Rápida como el relámpago, clavó aquella mano
contra la puerta con sus tijeras (su única arma), pero la
punta se rompió y el intruso escapó lanzando una terrible blasfemia. No habló nunca de aquello a su marido,
por temor de que matara a *alguien*; pero un día llegó a
la posada un extranjero y, al servirle el café, le vio en el
reverso de la mano una extraña cicatriz triangular.

Seguía hablando aún; el viento soplaba todavía, e
Ingomar roncaba en su lecho de pieles, cuando se oyeron lejanos gritos en la calle, y resonaron herraduras
y ruedas.

Llegaba el correo. Partenia corrió a despertar a Ingomar,
y casi simultáneamente el galante conductor se apareció
ante mí, llamándome por mi nombre y convidándome
a beber de una misteriosa botella negra. Abrevaron rápidamente los caballos, terminó su faena el conductor y,
despidiéndome de Partenia, ocupé mi sitio en la diligencia y me dormí en seguida, para soñar que visitaba a Partenia y a Ingomar, y que era agasajado con

pastel a discreción, hasta que a la mañana siguiente me desperté en Sacramento. Tengo alguna duda sobre si todo fue un sueño, pero jamás presencio el drama ni oigo la noble frase referente a *Dos almas*... sin pensar en Wingdam y en la pobre Partenia.

No ahondes

Alberto Moravia

Agnese podría haberme avisado, en lugar de irse así, sin siquiera decir "muérete". No creo ser perfecto y si ella me hubiese dicho qué le faltaba, habríamos podido discutirlo. En cambio, no: en dos años de matrimonio, ni una palabra; y luego, una mañana, aprovechando un momento en que yo no estaba, se fue de improviso, como hacen las mucamas cuando encontraron un puesto mejor. Se marchó, y todavía ahora, seis meses después de que me dejó, no entiendo por qué.

Esa mañana, luego de haber hecho las compras en el mercadito del barrio (me gusta hacer las compras a mí, conozco los precios, sé lo que quiero, me gusta regatear y discutir, probar y tocar, quiero saber de qué animal proviene mi bife, de qué canasto viene la manzana), salí de nuevo a comprar un metro y medio de cinta para coserle a la cortina del comedor. Como no quería gastar de más, caminé bastante antes de encontrar lo que necesitaba en un negocio pequeño de la Via dell'Umiltà. Regresé a casa a la una y veinte, entré en el comedor para comparar el color de la cinta con el de la cortina y, de repente, vi sobre la mesa el tintero, la lapicera y una carta. A decir verdad, me impresionó una mancha de tinta sobre el mantel de la mesa. Pensé: "Pero mira qué

descuidada... manchó el mantel". Levanté el tintero, la lapicera y la carta, tomé el mantel, fui a la cocina y allí, fregando
fuerte con limón, logré sacarle la mancha. Luego regresé al
comedor, lo puse en su lugar y, recién entonces, me acor-
dé de la carta. Estaba dirigida a mí: Alfredo. La abrí y leí:
"Hice la limpieza. La comida te la preparas tú, total estás
acostumbrado. Adiós. Vuelvo a lo de mi mamá. Agnese".
Por un momento no entendí nada. Luego releí la carta y
al fin comprendí: Agnese se había marchado, me había
dejado luego de dos años de matrimonio. A fuerza de costumbre, coloqué la carta en el cajón del armario en el que
guardo las boletas y la correspondencia y me senté en una
sillita cerca de la ventana. No sabía qué pensar, no estaba
preparado y casi no lo podía creer. Mientras reflexionaba,
fijé la mirada en el piso y vi una pequeña pluma blanca
que debía haberse salido cuando Agnese quitaba el polvo.
Recogí la pluma, abrí la ventana y la tiré fuera. Entonces
tomé el sombrero y salí de casa.

Aunque —según uno de mis vicios— caminaba por
la acera pisando una baldosa sí y una no, comencé a
preguntarme qué cosa le podía haber hecho a Agnese
para que me dejara con tanta maldad, casi con intención
de humillarme. En principio, pensé, veamos si Agnese
puede reprocharme alguna traición, aunque sea mínima.
Me respondí en seguida: ninguna. De hecho, nunca
me interesaron mucho las mujeres, no las entiendo y
no me entienden; pero, desde el día en que me casé,
puede decirse que las mujeres dejaron de existir para mí.
A tal punto que Agnese misma me provocaba cada tanto
preguntándome: "¿Qué harías si te enamoraras de otra
mujer?". Yo le respondía: "No es posible: te amo y este

sentimiento durará toda la vida". Ahora que lo pienso nuevamente, me parecía recordar que el "toda la vida" no la había alegrado. Por el contrario, había puesto cara larga y se había callado. Pasando a otro orden de ideas, quise examinar si acaso Agnese me había dejado por causa del dinero y de cómo yo lo manejaba. Pero también esta vez concluí que tenía la conciencia tranquila. Dinero, es verdad, yo no le daba más que excepcionalmente, pero ¿qué necesidad tenía ella de dinero? Yo estaba siempre allí, dispuesto a pagar. Y no lo manejada con maldad: juzguen un poco ustedes. Al cine dos veces por semana; al café dos veces y no importaba si tomaba un helado o un simple expresso; un par de revistas ilustradas al mes y el diario todos los días; en invierno, a veces también a la ópera; en verano, las vacaciones en Marino, en la casa de mi padre. Esto en cuanto al entretenimiento; en cuanto a la ropa, Agnese podía lamentarse aun menos. Cuando necesitaba alguna cosa, ya fuera un sostén o un par de medias o un pañuelo, yo siempre estaba listo. La acompañaba a los negocios, elegía con ella los artículos, pagaba sin chistar. Lo mismo con las modistas y sombrereras, no había vez en la que ella me dijera: "Necesito un sombrero, necesito un vestido" en que yo no le respondiera: "Vamos, te acompaño". En cuanto al resto, debo reconocer que Agnese no era exigente: después del primer año dejó casi por completo de hacerse vestidos. Más bien era yo, ahora, quien le recordaba que necesitaba esta o aquella prenda. Pero ella me respondía que tenía la ropa del año anterior y que no importaba, hasta tal punto que llegué a pensar que, en ese aspecto, era distinta de las otras mujeres y que no le importaba vestirse bien.

Por lo tanto, cuestiones del corazón y dinero, no. Restaba lo que los abogados denominan incompatibilidad de carácter. Ahora me pregunté qué incompatibilidad de carácter podría existir entre nosotros si en dos años nunca habíamos discutido ni una sola vez. Estábamos siempre juntos, si existía esta incompatibilidad se habría manifestado. Pero Agnese no me contradecía nunca, es más, se puede decir que ni siquiera hablaba. Algunas noches que pasábamos en el café o en casa, a duras penas abría la boca, era yo el que hablaba siempre. No lo niego, me gusta hablar y escucharme hablar, especialmente si estoy con una persona con la que tengo confianza. Tengo la voz calma, regular, sin altos ni bajos, razonable, fluida y, si me embarco en un tema, lo examino de cabo a rabo, en todas sus aristas. Los temas que prefiero, pues, son los domésticos: me gusta hablar del precio de la ropa, de la disposición de los muebles, de la cocina, del radiador, en síntesis, de cualquier tontería. Nunca me cansaré de hablar de estas cosas; me gusta tanto que a menudo me doy cuenta de que comienzo nuevamente desde el principio, con los mismos razonamientos. Pero seamos justos, con una mujer estos son los temas que surgen; si no, ¿de qué se debe hablar? Agnese, por su parte, me escuchaba con atención, por lo menos así parecía. Una sola vez, mientras le explicaba el funcionamiento del calefón eléctrico, me di cuenta de que se había dormido. Le pregunté, despertándola: "Pero ¿qué pasa, te aburrías?". Ella me respondió enseguida: "No, no, estoy cansada, anoche no dormí".

Los maridos se ocupan de la oficina o del negocio o quizá no se ocupan de nada, pero salen con los amigos.

Sin embargo, para mí, mi oficina, mi negocio, mis amigos eran Agnese. No la dejaba sola ni un momento, estaba junto a ella —quizá les sorprenda— hasta cuando cocinaba. Tengo pasión por la cocina y cada día, antes de las comidas, me ponía el delantal y la ayudaba a Agnese en la cocina. Hacía de todo un poco: pelaba las papas, separaba los porotos, batía, vigilaba las ollas. La ayudaba tan bien que ella, a menudo, me decía: "Mira, encárgate de todo... que me duele la cabeza... voy a recostarme". Y entonces cocinaba solo y, con la ayuda del libro de cocina, era incluso capaz de lograr platos nuevos. Es una pena que Agnese no fuera golosa, más bien en los últimos tiempos se le había ido el apetito y, a veces, ni siquiera tocaba la comida. Una vez me dijo, así en broma: "Te equivocaste al nacer hombre... eres una mujer... más bien una matrona". Debo reconocer que en esta frase había algo de verdad: de hecho, además de cocinar, me gusta lavar, planchar, coser y, a veces, en las horas de ocio, bordar pañuelos. Como dije, no la dejaba nunca: ni siquiera cuando venía a buscarla una amiga o la madre, ni siquiera cuando se le ocurrió, no sé por qué, aprender inglés. Para estar junto a ella, me avine incluso a aprender esa lengua tan difícil. Estaba tan apegado a ella que a veces hasta me sentía ridículo, como ese día en que, al no haber entendido una frase que ella me había dicho en voz baja en un café, la seguí hasta los servicios y la cuidadora me detuvo y me advirtió que era el baño de señoras y que no podía entrar allí. La verdad que no es fácil encontrar un marido como yo. A menudo, ella me decía: "Tengo que ir a tal lugar a ver una persona que no te interesa". Pero yo le respondía: "Voy también... si total no tengo nada que hacer". Ella, entonces, me respondía: "Por mí, ven también, pero te advierto que te vas a aburrir". Sin embargo, no, no me aburría y después se lo decía: "¿Viste que no me aburrí?". En síntesis, éramos inseparables.

Pensando en estas cosas y siempre preguntándome en vano por qué Agnese me había dejado, había llegado al negocio de mi padre. Es un negocio de objetos sagrados, en las cercanías de piazza della Minerva. Mi padre es un hombre joven todavía, de cabellos negros, rizados, con bigotes negros y, bajo esos bigotes, una sonrisa que nunca he comprendido. Quizá por la costumbre de tratar con los sacerdotes y personas devotas, es dulce, calmo, siempre de buenas maneras. Pero mamá, que lo conoce, dice que en el caso de él la procesión va por dentro. Entonces, pasé por todas aquellas vitrinas llenas de túnicas y de tabernáculos, y me fui directo a la trastienda, donde tiene el escritorio. Como de costumbre, hacía las cuentas, mordiéndose los bigotes y reflexionando. Le dije, jadeante:

—Papá, Agnese me dejó.

Él levantó la vista y me pareció que bajo los bigotes sonreía, pero quizá fue una impresión. Dijo:

—Lo siento, realmente lo siento... ¿y cómo sucedió?

Le conté cómo se había marchado. Y concluí:

—En verdad, me disgusta... pero sobre todo quisiera saber por qué me dejó.

Él me preguntó, perplejo:

—¿No lo entiendes?

—No.

Se sentó un momento callado y luego dijo con un suspiro:

—Alfredo, lo siento, pero no sé qué decirte... eres hijo mío, te mantengo, te quiero mucho..., pero en tu esposa debes pensar tú.

—Sí, ¿pero por qué me dejó?

Meneó la cabeza:

—En tu lugar no ahondaría... déjalo como está... ¿qué importa saber los motivos?

—Me importa mucho... más que todo.

En ese momento entraron dos sacerdotes, y mi padre se levantó y fue a su encuentro diciéndome:

—Vuelve más tarde... hablaremos... ahora tengo que hacer.

Entendí que no podía esperar otra cosa de él y salí.

La casa de la madre de Agnese no estaba lejos, en corso Vittorio. Pensé que la única persona que podía explicarme el misterio de su partida era justamente Agnese, y allá fui.

Subí las escaleras corriendo, hice que me dejaran pasar a la sala de estar. Pero, en lugar de Agnese, vino la madre, una mujer que no puedo soportar, comerciante también ella, con los cabellos negros teñidos, las mejillas floridas, socarrona, falsa. Estaba en bata, con una rosa en el pecho. Al verme, dijo con fingida cordialidad:

—Oh, Alfredo, ¿qué te trae por aquí?

Respondí:

—Usted sabe el porqué, mamá. Agnese me dejó.

Ella dijo calma:

—Sí, está acá... hijo mío: ¡qué le vas a hacer! Son cosas que suceden.

—¿Cómo me responde de ese modo?

Me estudió un momento y después preguntó:

—¿A tus padres ya se lo dijiste?

—Sí, a mi padre.

—¿Y qué dijo?

Pero ¿qué podía importarle saber lo que mi padre había dicho? Respondí de mala gana:

—Sabe cómo es papá… él dice que no debo ahondar.

—Ha dicho bien, hijo mío… No ahondes.

—Pero, en síntesis —dije enojándome—, ¿por qué me dejó? ¿Qué le hice?

Mientras hablaba lleno de rabia, mis ojos repararon en la mesa. Tenía un mantel y, sobre el mantel, había una carpeta blanca bordada y, sobre la carpeta, había un florero lleno de claveles rojos. Pero la carpeta estaba fuera de lugar. Mecánicamente, sin siquiera saber qué hacía, mientras ella me miraba sonriendo y no me respondía, levanté el florero y puse la carpeta en su lugar. Entonces, ella me dijo:

—Bravo… ahora la carpeta está justo en el medio… yo no me había dado cuenta nunca, pero tú lo viste en seguida… bravo… y ahora es mejor que te vayas, hijo mío.

Mientras, ella se había levantado y me levanté yo también. Hubiera querido preguntar si podía ver a Agnese, pero entendí que era inútil y, además, tenía miedo, si la veía, de perder la cabeza y hacer o decir alguna estupidez. Así que me fui de allí y, desde ese día, no vi más a mi esposa. Quizás un día ella vuelva, viendo que maridos como yo no se encuentran todos los días. Pero el umbral de mi casa no lo atraviesa si antes no me explica por qué me dejó.

Una "Ana" colgada al cuello

Antón Chéjov

I.

Después de la ceremonia religiosa no fue ofrecido el más ligero refrigerio; los recién casados bebieron una copa de champaña, cambiaron de traje y se marcharon a la estación. En vez de una alegre cena de bodas seguida de baile, en vez de músicas y danzas, se disponían a emprender un viaje a cierto lugar de peregrinación situado a unas doscientas *verstas* de distancia. Fueron muchas las personas que alabaron esto, aduciendo que Modest Alekseich ocupaba una alta categoría, que ya no era joven y que, por tanto, una boda ruidosamente celebrada quizá no resultara del todo conveniente, aparte de que siempre aburre la música cuando un funcionario de cincuenta y dos años se casa con una joven que apenas ha cumplido los dieciocho. Se decía también que Modest Alekseich, en su calidad de hombre de vida ajustada a las reglas morales, había organizado este viaje al monasterio para demostrar a su joven esposa que él, en el matrimonio, daba su principal papel a la religión y a la moral.

Mucha gente había acudido a despedir a los recién casados. Un grupo de parientes y compañeros de trabajo, al pie del vagón y con las copas de champaña en la mano, esperaban el momento de la salida del tren para lanzar un "¡hurra!", en tanto que Piotr Leontievich, el padre de la novia, muy pálido y ya embriagado, vestido con un frac de profesor y tocado con una chistera, empinándose hasta la ventanilla con su copa de champaña en la mano, decía con voz suplicante:

—¡Aniuta...! ¡Ania...! ¡Una palabra nada más...!

Desde la ventanilla, Ania se inclinaba sobre él, que, envolviéndola en su olor a vino y resoplando en su oreja, le murmuraba algo ininteligible, al tiempo que, con los ojos brillantes de lágrimas y la respiración entrecortada, le hacía la señal de la cruz sobre el rostro, sobre el pecho, sobre las manos.

Dos colegiales, Petia y Andriuscha, los hermanos de Ania, detrás de él y tirándole del frac, decían azarados:

—¡Basta ya, papaíto...! ¡Eso no es necesario...!

Cuando arrancó el tren, Ania vio cómo su padre, tambaleándose y derramando el vino de su copa, corría unos pasos en seguimiento del vagón: vio la expresión bondadosa, lastimera y culpable de su rostro.

—¡Hurra! —gritaba.

Los recién casados quedaron solos. Modest Alekseich paseó la mirada por el departamento, colocó el equipaje en la rejilla y se sentó, sonriendo, frente a su joven esposa. Era un funcionario de mediana estatura, bastante grueso, de aire satisfecho y largas patillas. No llevaba bigote, y su prominente, afeitada y redonda barbilla tenía la forma de un talón. Lo que particularmente caracterizaba su rostro era la ausencia de bigotes; aquel espacio rasurado y desnudo que se resolvía poco a poco en unas grasientas mejillas, temblorosas como la gelatina. Su porte era grave; sus movimientos, pausados, y sus maneras, suaves.

—No puedo menos de recordar ahora cierto episodio —dijo sonriendo—. Hace cinco años, cuando Korosotov fue condecorado con la Santa Ana[1] de segundo grado y fue a dar las gracias por ello a Su Excelencia, este le dijo lo siguiente: "¿Conque ahora tiene usted tres Anas: una en el ojal y dos colgadas al cuello...?". Hay que decir que por entonces Korosotov se había reconciliado con su esposa, una mujer gruñona y ligera de cascos que se llamaba Ana. Espero que, cuando a mí me llegue el momento de recibir la Ana de segundo grado, Su Excelencia no habrá encontrado motivo para decirme lo mismo.

Sus ojuelos sonreían. También ella sonreía, nerviosa ante la idea de que en cualquier momento aquel hombre podía besarla con sus gruesos y húmedos labios y de que ella no tendría derecho a protestar. Los pausados movimientos de su cuerpo, rollizo, la asustaban, sentía miedo y un malestar moral. Él se levantó; lentamente se quitó del cuello la condecoración, después se quitó el frac, el chaleco y se puso una bata.

—Así —dijo, sentándose al lado de Ania.

Ella, mientras tanto, recordó el martirio de la ceremonia de su boda, el momento en que le pareció que tanto el sacerdote como los invitados y cuantos se encontraban en la iglesia la miraban tristemente, como preguntándose por qué una muchacha buena y simpática se casaba con aquel señor de edad, tan poco interesante...

[1] Condecoración.

Por la mañana de este mismo día, aún la tenía entusiasmada el que todo se hubiera arreglado tan bien; pero luego, durante el oficio religioso y ahora en el vagón, se sentía culpable, engañada y ridícula. Se había casado con un rico, a pesar de lo cual continuaba sin dinero: el vestido de novia estaba todavía sin pagar, y hoy, en la estación, en el rostro de su padre y hermanos, acudidos a despedirla, había podido leer que no disponían de una sola *kopeka*.

"¿Cenarán hoy...? ¿Y mañana...?", se preguntaba.

Y se representaba, sin saber por qué, a su padre y a sus hermanos, sentados hambrientos a la mesa, sin ella, dominados por la misma tristeza que se hizo en torno de ella después del entierro de su madre. "¡Oh, qué desgraciada soy!", pensaba. "¿Por qué seré tan desgraciada?".

Con la torpeza del hombre grave, poco acostumbrado a tratar con mujeres, Modest Alekseich rozaba su talle, le daba golpecitos en el hombro, mientras ella pensaba en el dinero, en su madre y en la muerte de su madre. Cuando murió esta, su padre, Piotr Leontievich, profesor de caligrafía y dibujo en un colegio, se entregó a la bebida, y las fatigas comenzaron. Los chicos estaban sin zapatos ni chanclos, su padre tuvo que comparecer ante el Juzgado y los muebles fueron embargados... ¡Qué vergüenza...! Ania tenía que cuidar a su padre, borracho, que zurcir las medias de sus hermanos y que ir al mercado. Cuando oía alabar su belleza, su juventud y la finura de sus modales, le parecía que todo el mundo había de reparar necesariamente en su sombrerito de poco precio y en los agujeros de sus zapatos, disimulados con tinta. Las noches transcurrían entre lágrimas, sin que la abandonara la idea inquietante de que, a causa de aquella flaqueza suya, su padre se vería pronto, muy pronto, arrojado del colegio, de que esto no lo soportaría y se moriría, como se había muerto su madre... He aquí, sin embargo, que entre sus amistades, las señoras empezaron a ocuparse de la búsqueda de un buen partido para Ania. No tardó en encontrarse a este, Modest Alekseich, hombre ya de edad y feo, pero con dinero. Tenía cinco mil rublos en la cuenta corriente y una hacienda familiar que daba en arriendo. Era persona de costumbres morales, al que su excelencia miraba con buenos ojos.

"¡Pedir a este", decían a Ania, "una carta de recomendación para el director del colegio y hasta para alguien en esferas más encumbradas, con el fin de conseguir que Piotr Leontievich no fuera despedido, no le costaría ningún trabajo...!".

Se hallaba recordando todos estos detalles, cuando un sonido de música acompañado de un ruido de voces penetró por la ventanilla. El tren se detenía en una pequeña estación. A alguna distancia del andén, y del centro de un grupo de gentes, partían las alegres notas de un acordeón y los chirridos de un violín barato, y de más lejos, pasando bajo las altas encinas y los sauces y sobre las casitas campestres inundadas por la luz de la luna, llegaban los sones de una banda militar. Seguramente se celebraba allí un baile. Por el andén paseaban los veraneantes y demás gentes, que durante el buen tiempo venían a respirar el aire fresco. Entre ellos estaba Artinov, el dueño de la colonia veraniega, un ricachón con cara de armenio, alto, grueso, moreno, de ojos saltones y singularmente vestido. Llevaba desabrochada la pechera de la camisa, grandes botas guarnecidas de espuelas y, pendiendo de sus hombros, una negra capa que descendía hasta el suelo y se arrastraba por él como una cola. Lo seguían dos galgos rusos husmeando la tierra con sus puntiagudos hocicos.

Aunque aún brillaban lágrimas en los ojos de Ania, esta, sin embargo, al estrechar las manos de estudiantes y oficiales conocidos, se olvidó de su madre, del dinero, de su boda, y, riendo alegremente, decía de prisa a unos y a otros:

—¡Buenas noches! ¿Qué tal...?

Saliendo a la plataforma del vagón, bajo la luz de la luna, fue a colocarse de manera que todos pudieran admirar su magnífico vestido y su sombrero.

—¿Por qué nos hemos parado aquí? —preguntó.

—Estamos esperando el tren correo —le contestaron.

Dándose cuenta de que Artinov se fijaba en ella, adoptó un aire de coquetería y se puso a hablar en voz alta en francés. De pronto sintió una gran alegría de que el sonido de su propia voz fuera tan maravilloso, de que se oyera la música, de que la luna se reflejara en el estanque, de que Artinov (este famoso y caprichoso donjuán) la mirara con tanto afán y curiosidad y de que todos estuvieran tan contentos. Y cuando al arrancar el tren aquellos oficiales conocidos le hicieron de despedida el saludo militar, se puso a canturrear la frase musical de la polca que retumbando a sus espaldas, tras los árboles, la enviaba la banda.

Al regresar a su departamento, llevaba consigo la impresión de que en esta pequeña estación había adquirido el convencimiento de que, a pesar de todo, irremisiblemente llegaría a ser feliz.

Los recién casados pasaron dos días en el monasterio y volvieron a la ciudad. Ocuparon un piso en un edificio *del Estado*. Cuando Modest Alekseich se iba a la oficina, Ania tocaba el piano, lloraba de aburrimiento o se echaba sobre el diván y se ponía a leer novelas o periódicos de modas. Durante la comida, Modest Alekseich, que comía mucho, hablaba de política, de ascensos, de cambios y recompensas, de que era preciso trabajar, de que la vida de familia no era una satisfacción, sino un deber, de que cada *kopeka* era preciosa y la moral y la religión lo más estimable de la vida.

Enarbolando el cuchillo como una lanza, decía:

—¡Toda persona tiene una obligación que cumplir!

Ania, escuchándolo, sentía miedo de él; no podía comer, levantándose por lo general hambrienta de la mesa. Después de la comida, mientras roncando cuidadosamente descansaba su marido, se marchaba ella a casa de los suyos. Su padre y los muchachos la miraban al entrar de un modo particular, como si antes de su llegada hubieran estado censurándola de que se hubiera casado por el dinero, sin amor, con un hombre aburrido y pesado. El crujido de su vestido, sus pulseras y su aspecto general de dama elegante los molestaban y ofendían. Ligeramente turbados en su presencia, no sabían de qué hablarle, aunque seguían queriéndola como antes y no se acostumbraban a prescindir de ella durante las comidas. Ania se sentaba a la mesa con ellos y comía *kascha* y patatas, fritas con una grasa de cordero que olía a vela. Piotr Leontievich, con mano que temblaba, se servía de la botella una copita, que ingería rápidamente, a la vez con ansia y repugnancia... Después, otra... Luego, una tercera... Petia y Andriuscha, muchachitos pálidos y delgados, de grandes ojos, le quitaban la botella y decían apurados:

—¡Basta, papaíto...! ¡Ya es bastante, papaíto...!

También inquieta, Ania le suplicaba que no bebiera más; mientras él, de pronto, excitado, golpeaba con el puño en la mesa.

—¡No permito que se me vigile! —gritaba—. ¡Mocosos...! ¡Echaré a todos fuera de esta casa...!

Pero su voz sonaba a debilidad, a bondad, y nadie le temía. Después de comer solía vestirse con gran esmero. Muy pálido y estirando el escuálido cuello, se daba cortes en la barbilla al afeitarse e invertía media hora cumplida en arreglarse y peinarse. Se atusaba los negros bigotes, se perfumaba, se hacía un lazo en la corbata, se ponía los guantes y, calándose la chistera, se marchaba a dar clases particulares. Si era día de fiesta, permanecía en casa iluminando algún dibujo o tocando el armonio, al que hacía rugir y silbar, en tanto que, al tiempo que se esforzaba en arrancarle armoniosos sonidos, cantaba al unísono o reñía a los niños gritándoles:

—¡Canallas...! ¡Bribones...! ¡Me habéis estropeado el instrumento!

Al anochecer, el marido de Ania se sentaba a jugar a los naipes con sus compañeros de trabajo, que, en la casa *del Estado*, vivían bajo el mismo techo que él. También las mujeres de los funcionarios acudían a reunirse allí. Todas eran feas, se vestían sin gusto como vulgares cocineras, y se entregaban a un chismorreo tan feo y sin gusto como ellas mismas. A veces, Modest Alekseich iba con Ania al teatro. En los entreactos no se apartaba de ella un minuto y, llevándola tomada del brazo, se paseaba por los pasillos y el *foyer*. Si saludaba a alguien, murmuraba inmediatamente a Ania:

—Es un consejero civil... Se lo recibe en casa de Su Excelencia...

O bien:

—Tiene dinero... La casa es suya...

Al pasar ante el *buffet*, apetecía a Ania tomar algo de dulce (le gustaban mucho el chocolate y el pastel de manzana); pero nunca tenía dinero y le avergonzaba pedírselo a su marido. Este tomaba una pera entre los dedos, la oprimía ligeramente y preguntaba en tono indeciso:

—¿Cuánto cuesta?

—Veinticinco *kopekas*.

—Bien... —decía él, volviendo a dejar la pera donde estaba.

Luego, violentándolo el marcharse sin haber comprado nada, pedía una botella de agua de seltz, que se bebía él solo hasta que las lágrimas le brotaban de los ojos. Ania le aborrecía en ese momento.

Otras veces, de pronto y poniéndose todo colorado, decía apresuradamente:

—¡Saluda a esa vieja!

—¡Pero si no la conozco!

—¡Lo mismo da! ¡Es la esposa del director de una institución del Estado...! ¡Salúdala! ¡No se te caerán los anillos por eso!

Ania saludaba sin que, en efecto, se le cayeran los anillos; pero sentía como una tortura. Hacía cuanto quería su marido, pero se irritaba consigo misma de que la hubiera engañado como a la mujer más tonta. ¡Se había casado con él solo por su dinero, y ahora resultaba que tenía menos que antes de su casamiento...! En otro tiempo, al menos alguna vez, le daba su padre veinte *kopekas*, mientras que ahora no disponía ni de una sola. Tomarlas a escondidas o pedirlas no podía... Tenía mucho miedo a su marido y temblaba en su presencia. Se le figuraba que hacía mucho tiempo que llevaba metido en el alma aquel miedo... Cuando niña, la fuerza para ella más terrible e impotente (semejante a una nube tormentosa o a una locomotora) era siempre el director del colegio. Otra de estas fuerzas, de la que se hablaba en familia y hacia la que sin saber por qué sentía gran temor, era Su Excelencia. A estas seguían aproximadamente otras diez fuerzas menos poderosas: los profesores del colegio, de afeitados bigotes, severos, inexorables... y, por último, ahora Modest Alekseich, hombre de rígidas reglas, que hasta de cara se parecía al director... Todas estas fuerzas se fundían en la imaginación de Ania, adquiriendo el aspecto de un enorme oso blanco que atropellaba a los débiles y a los culpables como su padre. Temerosa de contrariarle en algo, sonreía con forzada sonrisa, fingiendo satisfacción al recibir una caricia brutal o un abrazo que la llenaba de espanto. ¡Tan solo una vez Piotr Leontievich se atrevió a pedir prestados cincuenta rublos a Modest Alekseich para saldar una desagradable deuda, y cuán no fue su martirio...!

—¡Está bien...! ¡Se los daré...! —dijo después de pensarlo un rato—. Pero le advierto que mientras no deje de beber no volveré a ayudarlo. ¡En un hombre que desempeña un trabajo del Estado, esa debilidad es vergonzosa! ¡No puedo dejar de recordarle un hecho de todos conocidos: el de cuánta gente ha perdido este vicio!

¡Si, en cambio, hubieran sabido dominarlo, tal vez con el tiempo hubieran llegado a ocupar muy altos puestos!

A esto siguió una larga homilía que el pobre Piotr Leontievich escuchaba sufriendo de humillación y de ardiente sed de beberse un traguito.

Los niños, que solían ir a visitar a Ania con los zapatos rotos y los pantalones raídos, tenían también que escuchar sus amonestaciones.

—¡Todo hombre tiene una obligación que cumplir! —les decía Modest Alekseich.

No daba dinero a Ania; pero sí le regalaba sortijas, pulseras y broches, aduciendo que convenía tener de todo esto por si llegaban días difíciles. Frecuentemente abría los cajones de la cómoda, inspeccionando que todas las alhajas estuvieran en su sitio.

II.

Entre tanto, había llegado el invierno. Ya mucho antes de Navidad, en el diario de la localidad había aparecido anunciado que el día 29 de diciembre, y en la sala de fiestas de la Sociedad de la Nobleza, tendría lugar el acostumbrado baile de invierno. Todas las noches, después de su partida, Modest Alekseich, presa de excitación, hablaba en voz baja con las funcionarias, miraba pensativo a Ania y paseaba por la habitación, preocupado con alguna idea. Al fin, una noche, ya muy tarde, se detuvo ante Ania y le dijo:

—Tienes que mandarte hacer un vestido de baile. ¿Comprendes...? ¡Lo único que te pido por favor es que te dejes aconsejar de María Grigorievna y de Natalia Kusminischna!

Y le dio cien rublos. Ania tomó el dinero y no pidió consejos a nadie cuando llegó el momento de encargar el vestido. Tan solo habló con su padre tratando de imaginarse cómo se hubiera vestido su madre para este baile. Su difunta madre iba siempre a la última moda, cuidaba mucho de Ania y le había enseñado a hablar francés y a bailar perfectamente la mazurca. (Antes de casarse había sido cinco años institutriz de una familia). Ania, a semejanza de su madre, sabía hacer parecer nuevo un vestido viejo, lavar con bencina los guantes, alquilar joyas, adoptar, como ella, lindas *poses*, arrastrar la "r" a la manera francesa, entusiasmarse cuando era preciso y dar a su mirada una expresión triste y enigmática. De su padre había heredado el oscuro color de los cabellos y de los ojos, la nerviosidad y el arte de saberse embellecer.

Cuando, media hora antes de salir para el baile, Modest Alekseich entró en su habitación antes de ponerse la levita, con el fin de colgarse al cuello la condecoración ante el gran espejo, maravillado por su belleza y esplendor, de su juvenil y vaporoso vestido, se atusó satisfecho las patillas, y dijo:

—¡Qué mujer tengo...! ¡Qué mujer...! ¡Aniuta! —prosiguió de repente, con acento solemne—. ¡Hasta ahora yo te he favorecido! ¡Hoy eres tú quien puede favorecerme a mí...! ¡Te ruego que te presentes a la esposa de Su Excelencia...! ¡Por el amor de Dios...! ¡Su mediación podría suponer mi ascenso!

Salieron para el baile. He aquí ya el edificio de la Sociedad de la Nobleza, la entrada, el portero... El vestíbulo está lleno de perchas de las que cuelgan pellizas, de lacayos corriendo de aquí para allá, de damas con grandes escotes protegiéndose con los abanicos de la corriente... Huele al gas de las lámparas y a soldados.

Cuando Ania, apoyada en el brazo de su marido, sube la escalera, oye la música y se ve reflejada en un gran espejo e iluminada por infinidad de luces, la alegría, el presentimiento de felicidad experimentado aquella noche en la pequeña estación de ferrocarril, despiertan en su pecho. Avanza orgullosa, segura de sí misma, sintiéndose por primera vez una dama y no una chiquilla. Sin querer, imita los ademanes, la manera de andar de su difunta madre. Por primera vez también en su vida se siente rica y libre. La presencia de su marido tampoco la contraría, ya que el instinto la hizo adivinar al entrar en el baile que la compañía de un viejo marido, lejos de humillarla socialmente lo más mínimo, prestaba a su persona ese cierto matiz picante, de interesante misterio, que tanto agrada a los hombres.

En el salón principal retumbaban ya los sones de una orquesta y el baile había empezado. El contraste con su piso *del Estado*, la luz, el abigarramiento de los colores, la música, el ruido, impresionaron a Ania, que paseando la mirada por el salón pensó, "¡Qué bien se está aquí!".

Su vista, al fijarse en la muchedumbre, tropezó en seguida en todas aquellas personas conocidas a las que solía encontrar en fiestas y paseos, particularmente militares, profesores, abogados, funcionarios, terratenientes... En su excelencia, en Artinov y en las damas de la alta sociedad ataviadas con lujosos vestidos de grandes escotes que, unas feas y otras guapas, ocupaban ya sus puestos en las casetas y los pabellones de un bazar de caridad para dar comienzo a una venta en beneficio de los pobres. Como brotado de la tierra, un militar de enorme estatura, conocido en la calle Staro-Kievskaia en los tiempos en que aún era una colegiala y cuyo apellido no recordaba ahora, surgió ante ella invitándola a bailar un vals. A toda prisa se separó de su marido, pareciéndole poco después que navegaba en un barco de vela, en medio de fuerte tormenta, y que su marido había quedado allí lejos..., en la otra orilla. Bailaba con pasión el vals, la polca, el *quadrille,* pasando su mano de unas a otras, embriagada de música, alternando el idioma ruso con el francés, riendo y sin pensar en su marido, ni en nadie, ni en nada. Su éxito entre los caballeros era grande; esto estaba claro y no podía haber sido de otra manera. Con el aliento entrecortado por la excitación y oprimiendo convulsivamente el abanico entre las manos, sentía sed. Su padre, Piotr Leontievich, vestido de un frac arrugado que olía a bencina, se acercó a ella con un platito de helado.

—¡Estás encantadora! —dijo mirándola entusiasmado—. ¡Nunca he lamentado tanto como hoy el que te precipitaras a casarte...! ¿Por qué lo hiciste...? ¡Ya sé que fue por nosotros, y, sin embargo...! —con manos temblorosas extrajo de su bolsillo un fajito de billetes y prosiguió—: He cobrado hoy mi lección y puedo, por tanto, saldar mi deuda con tu marido.

Ella, devolviéndole el platito de helado y arrastrada por alguien que venía en aquel momento a invitarla, se alejó volando de su padre, pero por encima del hombro de su caballero pudo ver cómo aquel, resbalando por el *parquet*, enlazaba el talle de una dama y salía bailando con ella por el salón.

"¡Qué simpático es cuando no bebe!", pensó.

La mazurca la bailó con el militar de la enorme estatura. El porte de este bailando era importante y pesado; sus hombros, su pecho, sus pies, apenas se movían, como si no tuviera gana alguna de bailar, en tanto que ella giraba a su lado excitándolo con su belleza, su cuello desnudo. Los ojos le brillaban y en sus movimientos se traslucía la pasión, pero él, por momentos más y más indiferente, le ofrecía la mano con gesto majestuoso, como un rey.

—¡Bravo! ¡Bravo! —se oía decir entre el público.

Poco a poco, sin embargo, el militar de la enorme estatura empezó a animarse. Llenándose de vida, enardeciéndose y sometiéndose al hechizo, comenzó a moverse con aire juvenil y ligero, siendo ahora ella la que moviéndose apenas, lo miraba con gravedad, como si la reina fuera ella y él un esclavo. No había tenido aún tiempo el militar de darle las gracias, cuando se hizo un movimiento entre el público, que se abrió para dar paso a alguien. Los hombres se pusieron rígidos y bajaron los brazos... Su Excelencia, ostentando dos estrellas en el frac, se aproximaba a Ania. Sí, no cabía duda... Su Excelencia se dirigía a ella, la miraba con fijeza, sonreía afectuosamente y sus labios hacían el gesto de masticar característico en él cuando veía mujeres guapas.

—¡Encantado! ¡Encantado! —empezó diciendo—. ¡Daré órdenes de que su marido sea arrestado por habernos tenido escondido hasta ahora este tesoro...! Vengo enviado por mi mujer —prosiguió, ofreciéndole el brazo—. ¡Es preciso que nos ayude! ¡Hay que conceder un premio a su belleza como en América...! ¡Oh los americanos...! Mi mujer la espera impaciente.

La acompañó hasta la caseta que ocupaba una dama de edad avanzada y mandíbula inferior tan exageradamente saliente que parecía contener una gran piedra.

—¡Venga a ayudarnos! —dijo la dama con una voz nasal—. ¡Todas las mujeres guapas toman parte en nuestra venta benéfica...! ¡Usted es la única que no hace nada...! ¿No quiere ayudarnos?

Y, retirándose ella, Ania ocupó su sitio junto al samovar de plata y las tazas. Una provechosa venta quedó en el acto organizada. No menos de un rublo pedía Ania por una taza de té, viéndose el militar obligado a beberse tres. También se acercó a ella Artinov, el ricachón de los ojos saltones que padecía de ahogos, vestido con un frac corriente y no ataviado con la extraña indumentaria con que le viera Ania en el verano anterior. Sin apartar los ojos de ella, se bebió una copa de champaña, por la que pagó cien rublos; después, una taza de té, para la que dio cien. Todo ello sin pronunciar palabra, pues el asma se lo impedía... Atraídos por Ania, acudían los compradores, cuyo dinero recibía ella profundamente convencida de que sus miradas y sonrisas les proporcionaban muchísimo placer. Se sentía ya creada exclusivamente para esta vida, risueña, ruidosa y brillante; llena de música de baile, de admiradores..., y su anterior temor a aquella fuerza que se le acercaba amenazando aplastarla, se le antojaba risible. Y no tenía miedo de nadie y lamentaba solamente no tener junto a ella a su madre y que esta no pudiera alegrarse de sus éxitos.

Piotr Leontievich ya pálido, pero sosteniéndose aún fuertemente sobre las piernas, se acercó a ella solicitando una copa de coñac. Ania se turbó, temiendo que cometiera alguna inconveniencia (comenzaba ya a avergonzarse de tener un padre tan pobre y vulgar), pero este, tras beberse su copa, sacó de su fajito diez rublos y se alejó con gran dignidad y sin pronunciar palabra. Poco después, Ania le veía bailar un vals con *figuras*, ya esta vez tambaleándose un poco y diciendo algo en voz alta, para mayor azaramiento de su pareja, y Ania recordó que también en un baile, hacía tres años, había empezado a decir algo en voz alta y que el final de todo fue que un policía lo llevó a dormir a su casa y que al día siguiente el director volvió a amenazarlo con arrojarlo del colegio... ¡Qué inoportuno era aquel recuerdo...!

Cuando los samovares se apagaron en las casetas y las fatigadas damas benéficas entregaron el importe de lo ganado a la dama de la edad avanzada y la piedra en la boca, Artinov condujo a Ania del brazo hasta el salón en el que estaba preparada una cena para cuantos habían tomado parte en la venta de caridad. Aunque las personas allí reunidas no pasaban de veinte, el tiempo transcurría en medio de la mayor animación. Su Excelencia, alzando la copa, dijo:

—¡Es preciso que en este magnífico comedor bebamos por la prosperidad de los comedores populares objeto de nuestra venta benéfica de hoy...!

El general de la brigada propuso beber por "esa fuerza ante la que hasta la misma artillería es impotente...", y todos chocaron sus copas con las de las damas. El tiempo pasó muy alegremente. Volvió Ania a su casa cuando ya era de día y las cocineras salían a la compra. Contenta, embriagada, rendida y llena de impresiones nuevas, se desnudó y se echó en la cama, quedándose dormida en el acto.

Sobre la una del día siguiente la despertó la doncella anunciándole la visita de Artinov. Ania se vistió rápidamente y entró en la sala. Poco después de Artinov se presentó también Su Excelencia, que venía a darle las gracias por su actuación en la venta benéfica. Mirándola con ojos tiernos, le besó la mano y, al tiempo que solicitaba su permiso para frecuentar su casa, se retiró. Ania, sorprendida y radiante, no podía creer que en su vida se hubiera verificado tan asombroso y rápido cambio. En este preciso momento entró su marido, Modest Alekseich... Mantenía ante ella ahora la misma actitud sumisa, respetuosa y obsequiosa que solía verlo adoptar en presencia de los poderosos y de los nobles. Segura de que nada podía ya acontecerle, en un rapto de entusiasmo, indignación y despecho, recalcando bien todas las palabras, le dijo:

—¡Fuera de aquí, estúpido!

A partir de entonces ya Ania no volvió a tener ni un día libre. Lo mismo participaba de un *picnic* que asistía a los paseos o a los espectáculos; regresaba diariamente a su casa a la madrugada, se echaba en el suelo de la sala y refería luego a todos qué bien que dormía entre flores. Le hacía falta mucho dinero, pero ella ya no temía a Modest Alekseich y disponía de su fortuna como si fuera suya. No le pedía ni exigía nunca nada; se limitaba tan solo a enviarle facturas o notas de este género: "Entréguese al portador doscientos rublos" o "Abónese ahora mismo cien rublos".

Para la Pascua de Resurrección, Modest Alekseich recibió la Ana de segundo grado. Cuando fue a dar las gracias a Su Excelencia, este, dejando a un lado el periódico que estaba leyendo, se recostó en la butaca, y mirándose las blancas manos de rosadas uñas, dijo:

—Así, pues... ¿ahora tiene usted tres Anas...? Una en el ojal y dos colgadas al cuello.

Modest Alekseich se llevó dos dedos a los labios, en previsión de que fuera a escapársele una risa demasiado fuerte y dijo:

—¡Esperemos ahora la llegada al mundo de un pequeño Vladimir...![2] ¡Me permito rogar a Su Excelencia que sea el padrino!

Aludía a la Vladimiro de cuarto grado, imaginando ya cómo referiría después a todos su ingenioso y atrevido juego de palabras. Intentó continuar diciendo algo por el estilo, pero Su Excelencia, haciéndole un pequeño saludo con la cabeza, se sumergió de nuevo en la lectura del periódico.

Ania, mientras tanto, proseguía sus paseos en *troika*, iba de caza con Artinov, actuaba en funciones de aficionados, cenaba fuera de casa y perdía cada vez más de vista a los suyos. Estos ahora comían solos; Piotr Leontievich bebía más que antes; en la casa no había nunca dinero, y el armonio tuvo que ser vendido para pagar las deudas. Los niños no dejaban ya a su padre salir solo, lo vigilaban para que no se cayera, y cuando, una vez, en el paseo

---

[2] Condecoración que sigue en categoría a la "Ana".

de Staro-Kievskaia, vieron pasar a Ania sentada en un carruaje tirado por dos caballos con Artinov en el pescante, y Piotr Leontievich, quitándose la chistera, se disponía a gritar algo, Petia y Andriuscha, tomándolo del brazo, le decían en tono suplicante:

—¡No es necesario, papaíto...! ¡Basta ya, papaíto...!

Los pocillos

Mario Benedetti

Los pocillos eran seis: dos rojos, dos negros, dos verdes, y además importados, irrompibles, modernos. Habían llegado como regalo de Enriqueta, en el último cumpleaños de Mariana, y desde ese día el comentario de cajón había sido que podía combinarse la taza de un color con el platillo de otro. "Negro con rojo queda fenomenal", había sido el consejo estético de Enriqueta. Pero Mariana, en un discreto rasgo de independencia, había decidido que cada pocillo sería usado con su plato del mismo color.

"El café ya está pronto. ¿Lo sirvo?", preguntó Mariana. La voz se dirigía al marido, pero los ojos estaban fijos en el cuñado. Este parpadeó y no dijo nada, pero José Claudio contestó: "Todavía no. Esperá un ratito. Antes quiero fumar un cigarrillo". Ahora sí ella miró a José Claudio y pensó, por milésima vez, que aquellos ojos no parecían de ciego.

La mano de José Claudio empezó a moverse, tanteando el sofá. "¿Qué buscás?", preguntó ella. "El encendedor". "A tu derecha". La mano corrigió el rumbo y halló el encendedor. Con ese temblor que da el continuado afán de búsqueda, el pulgar hizo girar varias veces la ruedita, pero la llama no apareció. A una distancia ya calculada, la mano izquierda trataba infructuosamente de registrar la aparición del calor. Entonces Alberto encendió un fósforo y vino en su ayuda. "¿Por qué no lo tirás?", dijo, con una sonrisa que, como toda sonrisa para ciegos, impregnaba también las modulaciones de la voz. "No lo tiro porque le tengo cariño. Es un regalo de Mariana".

Ella abrió apenas la boca y recorrió el labio inferior con la punta de la lengua. Un modo como cualquier otro de empezar a recordar. Fue en marzo de 1953, cuando él cumplió treinta y cinco años y todavía veía. Habían almorzado en casa de los padres de José Claudio, en Punta Gorda, habían comido arroz con mejillones, y después se habían ido a caminar por la playa. Él le había pasado un brazo por los hombros y ella se había sentido protegida, probablemente feliz o algo semejante. Habían regresado al apartamento y él la había besado lentamente, morosamente, como besaba antes. Habían inaugurado el encendedor con un cigarrillo que fumaron a medias.

Ahora el encendedor ya no servía. Ella tenía poca confianza en los conglomerados simbólicos, pero, después de todo, ¿qué servía aún de aquella época?

"Este mes tampoco fuiste al médico", dijo Alberto.

"No".

"¿Querés que te sea sincero?".

"Claro".

"Me parece una idiotez de tu parte".

"¿Y para qué voy a ir? ¿Para oírle decir que tengo una salud de roble, que mi hígado funciona admirablemente, que mi corazón golpea con el ritmo debido, que mis intestinos son una maravilla? ¿Para eso querés que vaya? Estoy podrido de mi notable salud sin ojos".

La época anterior a la ceguera, José Claudio nunca había sido un especialista en la exteriorización de sus emociones, pero Mariana no se ha olvidado de cómo era ese rostro antes de adquirir esta tensión, este resentimiento. Su matrimonio había tenido buenos momentos, eso no podía ni quería ocultarlo. Pero cuando estalló el infortunio, él se había negado a valorar su amparo, a refugiarse en ella. Todo su orgullo se concentró en un silencio terrible, testarudo, un silencio que seguía siendo tal, aun cuando se rodeara de palabras. José Claudio había dejado de hablar de sí.

"De todos modos debería ir", apoyó Mariana. "Acordate de lo que siempre te decía Menéndez".

"Cómo no que me acuerdo: Para Usted No Está Todo Perdido. Ah, y otra frase famosa: La Ciencia No Cree en Milagros. Yo tampoco creo en milagros".

"¿Y por qué no aferrarte a una esperanza? Es humano".

"¿De veras?". Habló por el costado del cigarrillo.

Se había escondido en sí mismo. Pero Mariana no estaba hecha para asistir, simplemente para asistir, a un reconcentrado. Mariana reclamaba otra cosa. Una mujercita para ser exigida con mucho tacto, eso era. Con todo había bastante margen para esa exigencia; ella era dúctil. Toda una calamidad que él no pudiese ver; pero esa no era la peor desgracia. La peor desgracia era que estuviese dispuesto a evitar, por todos los medios a su alcance, la ayuda de Mariana. Él menospreciaba su protección. Y Mariana hubiera querido —sinceramente, cariñosamente, piadosamente— protegerlo.

Bueno, eso era antes; ahora no. El cambio se había operado con lentitud. Primero fue un decaimiento de la ternura. El cuidado, la atención, el apoyo, que desde el comienzo estuvieron rodeados por un halo constante de cariño, ahora se habían vuelto mecánicos. Ella seguía siendo eficiente, de eso no cabía duda, pero no disfrutaba manteniéndose solícita. Después fue un temor horrible frente a la posibilidad de una discusión cualquiera. Él estaba agresivo, dispuesto siempre a herir, a decir lo más duro, a establecer su crueldad sin posible retroceso. Era increíble cómo hallaba a menudo, aun en las ocasiones menos propicias, la injuria refinadamente certera, la palabra que llegaba hasta el fondo, el comentario que marcaba a fuego. Y siempre desde lejos, desde muy atrás de su ceguera, como si esta oficiara de muro de contención para el incómodo estupor de los otros.

Alberto se levantó del sofá y se acercó al ventanal. "Qué otoño desgraciado", dijo. "¿Te fijaste?". La pregunta era para ella.

"No", respondió José Claudio. "Fijate vos por mí".

Alberto la miró. Durante el silencio, se sonrieron. Al margen de José Claudio y, sin embargo, a propósito de él. De pronto Mariana supo que se había puesto linda. Siempre que miraba a Alberto se ponía linda. Él se lo había dicho por primera vez la noche del veintitrés de abril del año pasado, hacía exactamente un año y ocho días: una noche en que José Claudio le había gritado cosas muy feas, y ella había llorado, desalentada, torpemente triste, durante horas y horas, es decir, hasta que había encontrado el hombro de Alberto y se había sentido comprendida y segura. ¿De dónde extraería Alberto esa capacidad para entender a la gente? Ella hablaba con él, o simplemente lo miraba y sabía de inmediato que él la estaba sacando del apuro. "Gracias", había dicho entonces. Y todavía ahora la palabra llegaba a sus labios directamente desde su corazón, sin razonamientos intermediarios, sin usura. Su amor hacia Alberto había sido en sus comienzos gratitud, pero eso (que ella veía con toda nitidez) no alcanzaba a depreciarlo. Para ella, querer había sido siempre un poco agradecer y otro poco provocar la gratitud. A José Claudio, en los buenos tiempos, le había agradecido que él, tan brillante, tan lúcido, tan sagaz, se hubiera fijado en ella, tan insignificante. Había fallado en lo otro, en eso de provocar la gratitud, y había fallado tan luego en la ocasión más absurdamente favorable, es decir, cuando él parecía necesitarla más.

A Alberto, en cambio, le agradecía el impulso inicial, la generosidad de ese primer socorro que la había salvado de su propio caos, y, sobre todo, ayudado a ser fuerte. Por su parte, ella había provocado su gratitud, claro que sí. Porque Alberto era un alma tranquila, un respetuoso de su hermano, un fanático del equilibrio, pero también, y en definitiva, un solitario. Durante años y años, Alberto y ella habían mantenido una relación superficialmente cariñosa, que se detenía con espontánea discreción en los umbrales del tuteo y solo en contadas ocasiones dejaba entrever una solidaridad algo más profunda. Acaso Alberto envidiara un poco la aparente felicidad de su hermano, la buena suerte de haber dado con una mujer que él consideraba encantadora. En realidad, no hacía mucho que Mariana había obtenido la confesión de que la imperturbable soltería de Alberto se debía a que toda posible candidata era sometida a una imaginaria y desventajosa comparación.

"Y ayer estuvo Trelles", estaba diciendo José Claudio, "a hacerme la clásica visita adulona que el personal de la fábrica me consagra una vez por trimestre. Me imagino que lo echarán a la suerte y el que pierde se embroma y viene a verme".

"También puede ser que te aprecien", dijo Alberto, "que conserven un buen recuerdo del tiempo en que los dirigías, que realmente estén preocupados por tu salud. No siempre la gente es tan miserable como te parece de un tiempo a esta parte".

"Qué bien. Todos los días se aprende algo nuevo". La sonrisa fue acompañada de un breve resoplido, destinado a inscribirse en otro nivel de ironía.

Cuando Mariana había recurrido a Alberto, en busca de protección, de consejo, de cariño, había tenido de inmediato la certidumbre de que a su vez estaba protegiendo a su protector, de que él se hallaba tan necesitado de amparo como ella misma, de que allí, todavía tensa de escrúpulos y quizá de pudor, había una razonable desesperación de la que ella comenzó a sentirse responsable. Por eso, justamente, había provocado su gratitud, por no decírselo con todas las letras, por simplemente dejar que él la envolviera en su ternura acumulada de tanto tiempo atrás, por sólo permitir que él ajustara a la imprevista realidad aquellas imágenes de ella misma que había hecho transcurrir, sin hacerse ilusiones, por el desfiladero de sus melancólicos insomnios. Pero la gratitud pronto fue desbordada. Como si todo hubiera estado dispuesto para la mutua revelación, como si solo hubiera faltado que se miraran a los ojos para confrontar y compensar sus afanes, a los pocos días lo más importante estuvo dicho y los encuentros furtivos menudearon. Mariana sintió de pronto que su corazón se había ensanchado y que el mundo era nada más que eso: Alberto y ella.

"Ahora sí podés calentar el café", dijo José Claudio, y Mariana se inclinó sobre la mesita ratona para encender el mecherito de alcohol. Por un momento se distrajo contemplando los pocillos. Solo había traído tres, uno de cada color. Le gustaba verlos así, formando un triángulo.

Después se echó hacia atrás en el sofá y su nuca encontró lo que esperaba: la mano cálida de Alberto, ya ahuecada para recibirla. Qué delicia, Dios mío. La mano empezó a moverse suavemente y los dedos largos, afilados, se introdujeron por entre el pelo. La primera vez que Alberto se había animado a hacerlo, Mariana se había sentido terriblemente inquieta, con los músculos anudados en una dolorosa contracción que le había impedido disfrutar de la caricia. Ahora no. Ahora estaba tranquila y podía disfrutar. Le parecía que la ceguera de José Claudio era una especie de protección divina.

Sentado frente a ellos, José Claudio respiraba normalmente, casi con beatitud. Con el tiempo, la caricia de Alberto se había convertido en una especie de rito y, ahora mismo, Mariana estaba en condiciones de aguardar el movimiento próximo y previsto. Como todas las tardes la mano acarició el pescuezo, rozó apenas la oreja derecha, recorrió lentamente la mejilla y el mentón. Finalmente se detuvo sobre los labios entreabiertos. Entonces ella, como todas las tardes, besó silenciosamente aquella palma y cerró por un instante los ojos. Cuando los abrió, el rostro de José Claudio era el mismo. Ajeno, reservado, distante. Para ella, sin embargo, ese momento incluía siempre un poco de temor. Un temor que no tenía razón de ser, ya que en el ejercicio de esa caricia púdica, riesgosa, insolente, ambos habían llegado a una técnica tan perfecta como silenciosa.

"No lo dejes hervir", dijo José Claudio.

La mano de Alberto se retiró y Mariana volvió a inclinarse sobre la mesita. Retiró el mechero, apagó la llamita con la tapa de vidrio, llenó los pocillos directamente desde la cafetera.

Todos los días cambiaba la distribución de los colores. Hoy sería el verde para José Claudio, el negro para Alberto, el rojo para ella. Tomó el pocillo verde para alcanzárselo a su marido, pero antes de dejarlo en sus manos, se encontró con la extraña, apretada sonrisa. Se encontró además, con unas palabras que sonaban más o menos así: "No, querida. Hoy quiero tomar en el pocillo rojo".

La imperfecta casada

Leopoldo Alas "Clarín"

Mariquita Varela, casta esposa de Fernando Osorio, notaba que de algún tiempo a aquella parte se iba haciendo una sabia sin haber puesto en ello empeño, ni pensado en sacarle jugo de ninguna especie a la sabiduría. Era el caso, que, desde que los chicos mayores, Fernandito y Mariano, se habían hecho unos hombrecitos y se acostaban solos y pasaban gran parte del día en el colegio, a ella le sobraba mucho tiempo, después de cumplir todos sus deberes, para aburrirse de lo lindo; y por no estarse mano sobre mano, pensando mal del marido ausente, solo ocupada en acusarlo y perdonarlo, todo en la pura fantasía, había dado en el prurito de leer y más leer, cosa en ella tan nueva, que al principio le hacía gracia por lo rara.

Leía cualquier cosa. Primero la emprendió con la librería del oficio de su esposo, que era médico; pero pronto se cansó del espanto de los horrores que consiente el padecer humano, y mucho más de los escándalos técnicos, muchos de ellos pintados a lo vivo en grandes láminas de que la biblioteca de Osorio era rico museo.

Tomó por otro lado, y leyó literatura, moral, filosofía y vino a comprender, como en resumen, que del mucho leer se sacaba una vaga tristeza entre voluptuosa y resignada; pero algo que era menos horroroso que la contemplación de los dolores humanos, materiales, de los libros de médicos.

Llegó a encontrar repetidas muestras de literatura cristiana, edificante; y allí se detuvo con ahínco y empezó a tomar en serio la lectura, porque comenzó a ver en ella algo útil y que servía para su estado; para su estado de mujer que fue hermosa, alegre, obsequiada, amada, feliz, y que empieza a ver en lontananza la vejez desgraciada, las arrugas, las canas y la melancólica muerte del sexo en su eficacia. Lejos todavía estaba este horror, pero mal síntoma era ir pensando tanto en aquello. Pues sus lecturas morales, religiosas, la ayudaban no poco a conformarse. Pero le sucedió lo que siempre sucede en tales casos: que fue más dichosa mientras fue neófita y conservó la vanidad pueril de creerse buena, nada más que porque tenía buenos pensamientos, excelentes propósitos y porque prefería aquellas lecturas y meditaciones honradas; y fue menos dichosa cuando empezó a vislumbrar en qué consistía la perfección sin engaños, sin vanidades, sin confianza loca en el propio mérito. Entonces, al ver tan lejos (¡oh, mucho más lejos que la vejez con sus miserias!), tan lejos la virtud verdadera, el mérito real sin ilusión, se sintió el alma llena de amargura, en una soledad de hielo,

sin mí, sin vos y sin Dios,

como decía Lope; sin mí, es decir, sin ella misma, porque no se apreciaba, se desconocía, desconfiaba de su vanidad, de su egoísmo; sin vos, es decir, sin su marido, porque, ¡ay!, el amor, el amor de amores, había volado tiempo hacía; y sin Dios, porque Dios está sólo donde está la virtud, y la virtud real, positiva, no estaba en ella. Valor se necesitaba para seguir sondando aquel abismo de su alma, en que al cabo de tanto esfuerzo de humildad, de perdón de las injurias, de amor a la cruz del matrimonio, que llevaba ella sola, se encontraba con que todo era presunción, romanticismo disfrazado de piedad, histerismo, sugestión de sus soledades, paliativos para conllevar la ausencia del esposo, distraído allá en el mundo... El mérito real, la virtud cierta, estaban lejos, mucho más lejos.

Y estas amarguras de tener que despreciarse a sí misma, si no por mala, por poco buena, eran el único solaz que podía permitirse al que apelaba sin falta cuando, cumplidos todos sus deberes ordinarios, vulgares, fáciles, como pensaba ahora, aunque sintiéndolos difíciles, se quedaba sola, velando junto al quinqué, esperando al buen Osorio, que, allá, muy tarde, volvía con los ojos encendidos y vagamente soñadores, con las mejillas coloradas, amable, jovial, pródigo de besos en la nuca y en la frente de su eterna compañera, besos que, según las aprensiones, los instintos de ella, daban los labios allí y el alma en otra parte, muy lejos.

Y una noche leía Mariquita *La Perfecta Casada*, del sublime Fray Luis de León; y leía, poniéndose roja de vergüenza, mientras el corazón se le quedaba frío: *Así, por la misma razón, no trata aquí Dios con la casada que sea honesta y fiel, porque no quiere que le pase aun por la imaginación que es posible ser mala. Porque, si va a decir la verdad, ramo de deshonestidad es en la mujer casta el pensar que puede no serlo, o que en serlo hace algo que le debe ser agradecido.*

Y como si Fray Luis hubiera escrito para ella sola, y en aquel mismo instante, y no escribiendo, sino hablándole al oído, Mariquita se sintió tan avergonzada que hundió el rostro en las manos, y sintió en la nuca, no un beso *in partibus* de su esposo, sino el aliento del agustino que, con palabras del Espíritu Santo, le quemaba el cerebro a través del cráneo.

Quiso tener valor, en penitencia, y siguió leyendo, y hasta llegó donde poco después dice: *Y cierto, como el que se pone en el camino de Santiago, aunque a Santiago no llegue, ya le llaman romero, así, sin duda es principiada ramera la que se toma licencia para tratar de estas cosas, que son el camino.*

Y, siempre con las manos apretadas a la cabeza, la de Osorio se quedó meditando:

—¡Yo ramera principiada y por aquello mismo que, si ahora siento como dolor de la conciencia que me remuerde, siempre tomé por prueba dura, por mérito de mi martirio, por cáliz amargo!

Por el recuerdo de Mariquita pasó, en una serie de cuadros tristes, de ceniciento gris, su historia, la más cercana, la de esposa respetada, querida sin ilusión, sola en suma, y apartada del mundo casi siempre.

Casi siempre, porque de tarde en tarde volvía a él, por días, por horas. Primero había sido completo alejamiento; la batalla maternal: el embarazo, el parto, la lactancia, los cuidados, los temores y las vigilias junto a la cuna; y vuelta a empezar: el embarazo, cada vez más temido, con menos fuerzas y más presentimientos de terror; el parto, la lucha con la nodriza que vence, porque la debilidad rinde a la madre; más vigilias, más cuidados, más temores... y el marido que empieza a desertar, en quien se disipa algo que parece nada, y era nada menos que el amor, el amor de amores, la ilusión de toda la vida de la esposa, su único idilio, la sola voluptuosidad lícita, siempre moderada.

Como un rayo de sol de primavera, con el descanso de la maternidad viene el resucitar de la mujer, que sigue el imán de la admiración ajena; ráfagas de coquetería... así como panteística, tan sutiles y universales, que son alegría, placer, sin parecer pecado. Lo que se desea es ir a mirarse en los ojos del mundo como en un espejo.

La ocasión de volver al teatro, al baile, al banquete, al paseo, la ofrece el mismo esposo, que siente remordimientos, que no quiere *extremar las cosas*, y se empeña —se empeña, vamos— en que su mujercita, ¡qué diablo!, vuelva a orearse, vuelva al mundo, se distraiga honestamente. Y volvía Mariquita al mundo; pero... el mundo era otro. Por de pronto, ella no sabía vestirse; lo que se llama vestirse. Sin saber por qué, como si fueran escandalosas, prescindía de sus alhajas: no se atrevía a ceñirse la ropa, ni tampoco a despojarse de la mucha interior que ahora gasta, para librarse de achaques que sus maternidades trajeran con amenazas de males mayores. Además comprende que ha perdido la brújula en materia de modas. Un secreto instinto le dice que debe procurar parecer modesta, pasar como una de tantas, de esas que llenan los teatros, los bailes, sin que en rigor se las vea. Al llegar cierta hora, en la alta noche, sin pensar en remediarlo, bosteza; y si la fiesta es cosa de música o drama sentimental, al llegar a lo patético se acuerda de sus hijos, de aquellas cabezas rubias que descansarán sobre la almohada, a la tibia luz de una lamparilla, solos, sin la madre. ¡Mal pecado! ¡Qué remordimiento! ¿Y todo para qué? Para permitirse la poco simpática curiosidad de olfatear amores ajenos, de espiar miradas, de contemplar los triunfos de las hermosas que hoy brillan como ella brillaba en otro tiempo... ¡Qué bostezos! ¡Qué remordimiento!

Con el recuerdo nada halagüeño de las impresiones de noches tales, Mariquita se resolvió a no volver al mundo, y por mucho tiempo cumplió su palabra. En vano, marrullero, quería su esposo obligarla al sacrificio; no salía de casa.

Pero pasaban años, los chicos crecían, el último parto ya estaba lejos, la edad traía ciertas carnes, equilibrio fisiológico que era salud, sangre buena y abundante; y la primavera de las entrañas retozaba, saliendo a la superficie en reminiscencias de vaga coquetería, en *saudades* de antiguas ilusiones, de inocentes devaneos y del amor serio, triunfador, pero también muerto, de su marido.

Mariquita recordaba ahora, leyendo a Fray Luis, sus noches de teatro de tal época.

Llegaba tarde al espectáculo, porque la prole la retenía, y porque el tocado se hacía interminable por la falta de costumbre y por la ineficacia de los ensayos para encontrar en el espejo, a fuerza de desmañados recursos cosméticos, la Mariquita de otros días, la que había tenido muchos adoradores.

¡Sus adoradores de antaño! Aquí entraba el remordimiento, que ahora lo era y, antes, al pasar por ello, había

sido desencanto glacial, amargura íntima, vergonzante...
Acá y allá, por butacas y palcos, estaban algunos de
aquellos adoradores pretéritos... menos envejecidos que
ella, porque ellos no criaban chicos ni se encerraban en casa
años y años. ¡Por aquellos ilustres y elegantes *gallos* no pasaba el tiempo...! Ahora... adoraban también, por lo visto;
pero a otras, a las jóvenes *nuevas*; constantes solo, los muy
pícaros, en admirar y amar la juventud. Celos póstumos,
lucha por la existencia de la ilusión, por la existencia del
instinto sexual, la habían hecho intentar... locuras; ensayar en aquellos amantes platónicos de otros días el influjo
poderoso que en ellos ejercieran sus miradas, su sonrisa...
Miró como antaño; no faltó quien echara de ver la provocación, quien participara de la melancolía y dulce remi-
niscencia... Entonces Mariquita (esto no podía verlo ella)
se había reanimado, había rejuvenecido; sus ojos, amorti-
guados por la vigilia al pie de la cuna, habían recobrado el
brillo de la pasión, de la vanidad satisfecha, de la coquetería
inspirada... ¡Ráfagas pasajeras! Pronto aquellos adoradores
pretéritos daban a entender, sin quererlo, distraídos, que
no cabía galvanizar el amor. Lo pasado, pasado. Volvían
a su adoración presente, a la contemplación de la juventud, siempre *nueva*; y allá, Mariquita, la antigua reina de
aquellos corazones, recogía de tarde en tarde miradas
de sobra, casi compasivas, tal vez falsas, en su expresión.
¡Qué horror, qué vergüenza! ¡Por tan miserable limosna de
idealidad amorosa, aquellos desengaños bochornosos! Y,
aturdida, helada, había dejado de presumir, de sonsacar
miradas, ¡es claro!, por orgullo, por dignidad. ¡Pero el
dolor aquel, pensaba ahora, leyendo a Fray Luis, el dolor
de aquel desengaño... era todo un adulterio!

¡Cuánto pecado, y sin ningún placer! El desencanto en forma de crimen. El amor propio humillado y el remordimiento por costas. ¡Y ella, que había ofrecido a Dios, en rescate de otras culpas ordinarias, veniales, aquellas derrotas de su vanidad, de algo mejor que la vanidad, del sentimiento puro de gozar con el holocausto del cariño!

Sí; había andado, con mal oculta delicia, aquellos pocos pasos en *el camino de Santiago...* luego *romero...* ramera ¡oh, no, ramera no! Eso era algo fuerte, y que perdonara el seráfico poeta... Pero, si criminal *del todo* no, lo que es buena, tampoco. Ni buena, ni tan mala, ¡y padeciendo tanto! Sufría infinito, y no era perfecta. No podían amarla ni Dios ni su marido. El marido por cansado, Dios por ofendido.

Y pensaba la infeliz, mientras velaba esperando al esposo ausente, tal vez en una orgía:

—¡Dios mío! ¡Dios mío! La verdadera virtud está tan alta, el cielo tan arriba, que a veces me parecen soñados, ilusorios por lo inasequibles.

Calixta Brand

Carlos Fuentes

Naturalmente, a Pedro Ángel Palou

Conocí a Calixta Brand cuando los dos éramos estudiantes. Yo cursaba la carrera de economía en la BUAP —Benemérita Universidad Autónoma de Puebla, ciudadela laica en ciudad conservadora y católica—. Ella era estudiante en la Escuela de Verano de Cholula.

Nos conocimos bajo las arcadas de los portales en el zócalo de Puebla. Distinguí una tarde a la bella muchacha de cabello castaño claro, casi rubio, partido por la mitad y a punto de eclipsarle una mirada de azul intenso. Me gustó la manera como apartaba, con un ligero movimiento de la mano, el mechón que a cada momento caía entre sus ojos y la lectura. Como si espantase una mosca.

Leía intensamente. Con la misma intensidad con que yo la observaba. Levanté la mirada y aparté el mechón negro que caía sobre mi frente. Esta mímesis la hizo reír. Le devolví la sonrisa y al rato estábamos sentados juntos, cada uno frente a su taza de café.

¿Qué leía?

Los poemas de Sor Juana Inés de la Cruz de la Nueva España y los de su contemporánea colonial en la Nueva Inglaterra Anne Bradstreet.

—Son dos ángeles femeninos de la poesía —comentó—. Dos poetas cuestionantes.

—Dos viejas preguntonas —ironicé sin éxito.

—No. Oye —me respondió Calixta seriamente—. Sor Juana con el alma dividida y el alma en confusión. ¿Razón? ¿Pasión? ¿A quién le pertenece Sor Juana? Y Anne Bradstreet preguntándose ¿quién llenó al mundo del encaje fino de los ríos como verdes listones...?, ¿quién hizo del mar su orilla...?

No, en serio, ¿qué estudiaba ella?

—Lenguas. Castellano. Literatura comparada.

¿Qué estudiaba yo?

—Economía. "Ciencias" económicas, pomposamente dicho.

—*The dismal science* —apostrofó ella en inglés.

—Eso dijo Carlyle—añadí—. Pero antes Montesquieu la había llamado "la ciencia de la felicidad humana".

—El error es llamar ciencia a la experiencia de lo imprevisible —dijo Calixta Brand, que solo entonces dijo llamarse así esta rubia de melena, cuello, brazos y piernas largas, mirada lánguida pero penetrante e inteligencia rápida.

Comenzamos a vernos seguido. A mí me deleitaba descubrirle a Calixta los placeres de la cocina poblana y los altares, portadas y patios de la primera ciudad permanente de España en México. La capital —*México City*? inquirió Calixta— fue construida sobre los escombros de la urbe azteca Tenochtitlan. Puebla de los Ángeles fue fundada en 1531 por monjes franciscanos con el trazo de parrilla —sonreí— que permite evitar esas caóticas nomenclaturas urbanas de México, con veinte avenidas Juárez y diez calles Carranza, siguiendo en vez el plan lógico de la rosa de los vientos: sur y norte, este y oeste...

Por fin la llevé a conocer la suntuosa Capilla Barroca de mi propia universidad y allí le propuse matrimonio. Si no, ¿a dónde iba a regresar la gringuita? Ella fingió un temblor. A las ciudades gemelas de Minnesota, St. Paul y Minneapolis, donde en invierno nadie puede caminar por la calle lacerada por un viento helado y debe emplear pasarelas cubiertas de un edificio a otro. Hay un lago que se traga el hielo aún más que el sol.

—¿Qué quieres ser, Calixta?

—Algo imposible.

—¿Qué, mi amor?

—No me atrevo a decirlo.

—¿Ni a mí? Yo ya soy licenciado en economía. ¿Ves qué fácil? ¿Y tú?

—No hay experiencia total. Entonces voy a dar cuenta de lo parcial.

—No te entiendo.

—Voy a escribir.

O sea, jamás me mintió. Ahora mismo, doce años después, no podía llamarme a engaño. Ahora mismo, mirándola sentada hora tras hora en el jardín, no podía decirme a mí mismo "Me engañó...".

Antes, la joven esposa sonreía.

—Participa de mi placer, Esteban. Hazlo tuyo, como yo hago mío tu éxito.

¿Era cierto? ¿No era ella la que me engañaba?

No me hice preguntas durante aquellos primeros años de nuestro matrimonio. Tuve la fortuna de obtener trabajo en la Volkswagen y de ascender rápidamente en el escalafón de la compañía. Admito ahora que tenía poco tiempo para ocuparme debidamente de Calixta.

Ella no me lo reprochaba. Era muy inteligente. Tenía sus libros, sus papeles, y me recibía cariñosamente todas las noches. Cuidaba y restauraba con inmenso amor la casa que heredé de mis padres, los Durán-Mendizábal, en el campo al lado de la población de Huejotzingo.

El paraje es muy bello. Está prácticamente al pie del volcán Iztaccíhuatl, "la mujer dormida" cuyo cuerpo blanco y yacente, eternamente vigilado por Popocatépetl, "la montaña humeante", parece desde allí al alcance de la mano. Huejotzingo pasó de ser pueblo indio a población española hacia 1529, recién consumada la conquista de México, y refleja esa furia constructiva de los enérgicos extremeños que sometieron al imperio azteca, pero también la indolencia morisca de los dulces andaluces que los acompañaron.

Mi casa de campo ostenta ese noble pasado. La fachada es de piedra, con un alfiz árabe señoreando el marco de la puerta, un patio con pozo de agua y cruz de piedra al centro, puertas derramadas en anchos muros de alféizar y marcos de madera en las ventanas. Adentro, una red de alfanjías cruzadas con vigas para formar el armazón de los techos en la amplia estancia. Cocina de azulejos de Talavera. Corredor de recámaras ligeramente húmedas en el segundo piso, manchadas aquí y allá por un insinuante sudor tropical. Tal es la mansión de los Durán-Mendizábal.

Y detrás, el jardín. Jardín de ceibas gigantes, muros de bugambilia y pasajeros rubores de jacarandá. Y algo que nadie supo explicar: un alfaque, banco de arena en la desembocadura de un río. Solo que aquí no desembocaba río alguno.

Esto último no se lo expliqué a Calixta a fin de no inquietarla. ¡Qué distintos éramos entonces! Bastante extraño debía ser, para una norteamericana de Minnesota, este enclave hispano-arábigo-mexicano que me apresuré a explicarle:

—Los árabes pasaron siete siglos en España. La mitad de nuestro vocabulario castellano es árabe...

Como si ella no lo supiera. —Almohada, alberca, alcachofa —se adelantó ella, riendo—. Alfil... —culminó la enumeración, moviendo la pieza sobre el tablero.

Es que después de horas en la oficina de la VW regresaba a la bella casona como a un mundo eterno donde todo podía suceder varias veces sin que la pareja —ella y yo— sintiese la repetición de las cosas. O sea, esta noticia sobre la herencia morisca de México ella la sabía de memoria y no me reprochaba la inútil y estúpida insistencia.

—Ay, Esteban, dale que dale —me decía mi madre, q.e.p.d.—. Ya me aburriste. No te repitas todo el día.

Calixta solo murmuraba: —Alfil —y yo entendía que era una invitación cariñosa y reiterada a pasar una hora jugando ajedrez juntos y contándonos las novedades del día. Solo que mis novedades eran siempre las mismas y las de ella, realmente, siempre *nuevas*.

Ella sabía anclarse en una rutina —el cuidado de la casa y, sobre todo, del jardín— y yo le agradecía esto, la admiraba por ello. Poco a poco fueron desapareciendo los feos manchones de humedad, apareciendo maderas más claras, luces inesperadas. Calixta mandó restaurar el cuadro principal del vestíbulo de entrada, una pintura oscurecida por el tiempo, y prestó atención minuciosa al jardín.

Cuidó, podó, distribuyó, como si en este vergel del alto trópico mexicano ella tuviese la oportunidad de inventar un pequeño paraíso inimaginable en Minnesota, una eterna primavera que la vengase, en cierto modo, de los crudos inviernos que soplan desde el Lago Superior.

Yo apreciaba esta precisa y preciosa actividad de mi mujer. Me preguntaba, sin embargo, qué había pasado con la ávida estudiante de literatura que recitaba a Sor Juana y a Anne Bradstreet bajo las arcadas del zócalo.

Cometí el error de preguntarle.

—¿Y tus lecturas?

—Bien —respondió ella bajando la mirada, revelando un pudor que ocultaba algo que no escapó a la mirada ejecutiva del marido.

—¿No me digas que ya no lees? —dije con fingido asombro—. Mira, no quiero que los quehaceres domésticos...

—Esteban —ella posó una mano cariñosa sobre la mía—. Estoy escribiendo...

—Bien —respondí con una inquietud incomprensible para mí mismo.

Y luego, amplificando el entusiasmo: —Digo, qué bueno...

Y no se dijo más porque ella hizo un movimiento equivocado sobre el tablero de ajedrez. Yo me di cuenta de que el error fue intencional. Se sucedieron las noches y comencé a pensar que Calixta cometía errores de ajedrez *a propósito* para que yo ganara siempre. ¿Cuál era, entonces, la ventaja de la mujer? Yo no era ingenuo. Si una mujer se deja derrotar en un campo, es porque está ganando en otro...

—Qué bueno que tienes tiempo de leer.

Moví el alfil para devorar a un peón.

—Dime, Calixta, ¿también tienes tiempo de escribir?

—Caballo-alfil-reina.

Calixta no pudo evitar el movimiento de éxito, la victoria sobre el esposo —yo— que voluntariamente o por error me había expuesto a ser vencido. Distraído en el juego, me concentré en la mujer.

—No me contestas. ¿Por qué?

Ella alejó las manos del tablero.

—Sí. Estoy escribiendo.

Sonrió con una mezcla de timidez, excusa y orgullo.

Enseguida me di cuenta de mi error. En vez de respetar esa actividad, si no secreta, sí íntima, casi pudorosa, de mi mujer, la saqué al aire libre y le di a Calixta la ventaja que hasta ese momento, ni profesional ni intelectualmente, le había otorgado. ¿Qué hizo ella sino contestar a una pregunta? Sí, escribía. Pudimos, ella y yo, pasar una vida entera sin que yo me enterase. Las horas de trabajo nos separaban. Las horas de la noche nos unían. Mi profesión nunca entró en nuestras conversaciones conyugales. La de ella, hasta ese momento, tampoco. Ahora, a doce años de distancia, me doy cuenta de mi error. Yo vivía con una mujer excepcionalmente lúcida y discreta. La indiscreción era solo mía. Iba a pagarla caro.

—¿Sobre qué escribes, Calixta?

—No se escribe sobre algo —dijo en voz muy baja—. Sencillamente, se escribe.

Respondió jugando con un cuchillo de mantequilla.

Yo esperaba una respuesta clásica, del estilo "escribo para mí misma, por mi propio placer". No solo la esperaba. La deseaba.

Ella no me dio gusto.

—La literatura es testigo de sí misma.

—No me has respondido. No te entiendo.

—Claro que sí, Esteban —soltó el cuchillo—. Todo puede ser objeto de la escritura, porque todo puede ser objeto de la imaginación. Pero solo cuando es fiel a sí misma la literatura logra comunicar...

Su voz iba ganando en autoridad.

—Es decir, une su propia imaginación a la del lector. A veces eso toma mucho tiempo. A veces es inmediato.

Levantó la mirada del mantel y los cubiertos.

—Ya ves, leo a los poetas españoles clásicos. Su imaginación conectó enseguida con la del lector. Quevedo, Lope. Otros debieron esperar mucho tiempo para ser entendidos. Emily Dickinson, Nerval. Otros resucitaron gracias al tiempo. Góngora.

—¿Y tú? —pregunté un poco irritado por tanta erudición.

Calixta sonrió enigmáticamente.

—No quiero ver ni ser vista.

—¿Qué quieres decir?

Me contestó como si no me escuchara. —Sobre todo, no quiero escucharme siendo escuchada.

Perdió la sonrisa.

—No quiero estar disponible.

Yo perdí la mía.

Desde ese momento convivieron en mi espíritu dos sentimientos contradictorios. Por una parte, el alivio de saber que escribir era para Calixta una profesión secreta, confesional. Por la otra, la obligación de vencer a una rival incorpórea, ese espectro de las letras... La resolví ocupando totalmente el cuerpo de Calixta. La confesión de mi mujer —"Escribo"— se convirtió en mi deber de poseerla con tal intensidad que esa indeseada rival quedase exhausta.

Creo que sí, fatigué el cuerpo de mi mujer, la sometí a mi hambre masculina noche tras noche. Mi cabeza, en la oficina, se iba de vacaciones pensando...

"¿Qué nuevo placer puedo darle? ¿Qué posición me queda por ensayar? ¿Qué zona erógena de Calixta me falta por descubrir?".

Conocía la respuesta. Me angustiaba saberla. Tenía que leer lo que mi mujer escribía.

—¿Me dejas leer algunas de tus cosas?

Ella se turbó notablemente.

—Son ensayos apenas, Esteban.

—Algo es algo, ¿no?

—Me falta trabajarlos más.

—¿Perfeccionarlos, quieres decir?

—No, no —agitó la melena—. No hay obra perfecta.

—Shakespeare, Cervantes —dije con una sorna que me sorprendió a mí mismo porque no la deseaba.

—Sí —Calixta removió con gran concentración el azúcar al fondo de la taza de café—. Sobre todo ellos. Sobre todo las grandes obras. Son las más imperfectas.

—No te entiendo.

—Sí —se llevó la taza a los labios, como para sofocar sus palabras—. Un libro perfecto sería ilegible. Solo lo entendería, si acaso, Dios.

—O los ángeles —dije aumentando la sintonía de mi indeseada sorna.

—Quiero decir —ella continuó como si no me oyese, como si dialogase solitariamente, sin darse cuenta de cuánto me comenzaba a irritar su sabihondo monólogo—, quiero decir que la imperfección es la herida por donde sangra un libro y se hace humanamente legible...

Insistí, irritado. —¿Me dejas leer algo tuyo?

Asintió con la cabeza.

Esa noche encontré los tres cuentos breves sobre mi escritorio. El primero trataba del regreso de un hombre que la mujer creía perdido para siempre en un desastre marino. El segundo *denunciaba* —no había otra palabra— una relación amorosa condenada por una sola razón: era secreta y al perder el secreto y hacerse pública, la pareja, insensiblemente, se separaba. El tercero, en fin, tenía como tema ni más ni menos que el adulterio y respaldaba a la esposa infiel, justificada por el tedio de un marido inservible...

Hasta ese momento, yo creía ser un hombre equilibrado. Al leer los cuentos de Calixta —sobre todo el último— me asaltó una furia insólita, agarré los preciosos papeles de mi mujer, los hice trizas con las manos, les prendí fuego con un cerillo y abriendo la ventana los arrojé al viento que se los llevó al jardín y más allá —era noche borrascosa—, hacia las montañas poblanas.

Creía conocer a Calixta. No tenía motivos para sorprenderme de su actitud durante la siguiente mañana y los días que siguieron.

La vida fluyó con su costumbre adquirida. Calixta nunca me pidió mi opinión sobre sus cuentos. Jamás me solicitó que se los devolviera. Eran papeles escritos a mano, borroneados. Estaba seguro: no había copias. Me bastaba mirar a mi mujer cada noche para saber que su creación era espontánea en el sentido técnico. No la imaginaba copiando cuentos que para ella eran ensayos de lo incompleto, testimonios de lo fugitivo, signos de esa imperfección que tanto la fascinaba...

Ni yo comenté sus escritos ni ella me pidió mi opinión o la devolución de las historias.

Calixta, con este solo hecho, me derrotaba.

Barajé las posibilidades insomnes. Ella me quería tanto que no se atrevía a ofenderme ("Devuélveme mis papeles") o a presionarme ("¿Qué te parecieron mis cuentos?"). Hizo algo peor. Me hizo sentir que mi opinión le era indiferente. Que ella vivía los largos y calurosos días de la casa en el llano con una plenitud autosuficiente. Que yo era el inevitable estorbo que llegaba a las siete u ocho de la noche desde la ciudad para compartir con ella las horas dispensables pero rutinarias. La cena, la partida de ajedrez, el sexo. El día era suyo. Y el día era de su maldita literatura.

"Ella es más inteligente que yo".

Hoy calibro con cuánta lentitud y también con cuánta intensidad puede irse filtrando un sentimiento de envidia creciente, de latente humillación, hasta estallar en la convicción de que Calixta era superior a mí, no solo intelectual sino moralmente. La vida de mi mujer cobraba sentido a expensas de la mía. Mis horarios de oficina eran una confesión intolerable de mi propia mediocridad. El silencio de Calixta me hablaba bien alto de su elocuencia. Callaba porque creaba. No necesitaba hablar de lo que hacía.

Era, sin embargo, la misma que conocí. Su amor, su alegría, las horas compartidas eran tan buenas hoy como ayer. Lo malo estaba en otra parte. No en mi corazón secretamente ofendido, apartado, desconsiderado. La culpable era ella, su tranquilidad una afrenta para mi espíritu atormentado por la certidumbre creciente:

"Esteban, eres inferior a tu mujer".

Parte de mi irritación en aumento era que Calixta no abandonaba nunca el cuidado de la casa. La vieja propiedad de Huejotzingo se hermoseaba día con día. Calixta, como si su fría herencia angloescandinava la atrajese hacia el mediodía, iba descubriendo y realzando los aspectos árabes de la casa. Trasladó una cruz de piedra al centro del patio. Pulió y destacó el recuadro de arco árabe de las puertas. Reforzó las alfanjías de madera que forman el armazón del techo. Llamó a expertos que la auxiliaran. El arquitecto Juan Urquiaga empleó su maravillosa técnica de mezclar arena, cal y baba de maguey para darle a los muros de la casa una suavidad próxima —y acaso superior— a la de la espalda de una hembra. Y el novelista y estudioso de la BUAP Pedro Ángel Palou trajo a un equipo de restauradores para limpiar el oscuro cuadro del vestíbulo.

Poco a poco fue apareciendo la figura de un moro con atuendo simple —el albornoz usado por ambos sexos— pero con elegancias de alcurnia, una pelliz de marta cebellina, un gorro de seda adornado de joyas... Lo inquietante es que el rostro de la pintura no era distinguible. Era una sombra. Llamaba la atención porque todo lo demás —gorro, joyas, piel de marta, blanco albornoz— brillaba cada vez más a medida que la restauración del cuadro progresaba.

El rostro se obstinaba en esconderse entre las sombras.
Le pregunté a Palou:

—Me llama la atención el gorro. ¿No era costumbre musulmana generalizada usar el turbante?

—Primero, el turbante estaba reservado a los alfaquíes doctores que habían ido en peregrinaje a La Meca, pero desde el siglo xi se permitió que lo usaran todos —me contestó el académico poblano.

—¿Y de quién es la pintura?

Palou negó con la cabeza.

—No sé. ¿Siempre ha estado aquí, en su casa?

Traté de pensarlo. No supe qué contestar. A veces, uno pasa por alto las evidencias de un sitio precisamente porque son evidentes. Un retrato en el vestíbulo. ¿Desde cuándo, desde siempre, desde que vivían mis padres? No tenía respuesta cierta. Solo tenía perplejidad ante mi falta de atención.

Palou me observó e hizo un movimiento misterioso con las manos. Bastó ese gesto para recordarme que esta lenta revelación de las riquezas de mi propia casa era obra de mi mujer. Regresó con más fuerza que nunca el eco de mi alma:

"Esteban, eres inferior a tu mujer".

En la oficina, mi machismo vulnerado comenzó a manifestarse en irritaciones incontrolables, órdenes dichas de manera altanera, abuso verbal de los inferiores, chistes groseros sobre las secretarias, avances eróticos burdos.

Regresaba a casa con bochorno y furia en aumento. Allí encontraba, plácida y cariñosa, a la culpable. La gringa. Calixta Brand.

En la cama, mi potencia erótica disminuía. Era culpa de ella. En la mesa, dejaba de lado los platillos. Era culpa de ella. Calixta me quitaba todos los apetitos. Y en el ajedrez me di cuenta, al fin, de lo obvio. *Calixta me dejaba ganar.* Cometía errores elementales para que un pinche peón mío derrotase a una magnánima reina suya.

Empecé a temer —o a desear— que mi estado de ánimo contagiase a Calixta. De igual a igual, al menos nos torturaríamos mutuamente. Pero ella permanecía inmutable ante mis crecientes pruebas de frialdad e irritación. Hice cosas minúsculamente ofensivas, como trasladar mis útiles de aseo —jabones, espuma de afeitar, navajas, pasta y cepillo dentales, peines— del baño compartido a otro solo para mí.

—Así no haremos colas —dije con liviandad.

Gradué la ofensa. Me llevé mi ropa a otra habitación.

—Te estoy quitando espacio para tus vestidos.

Como si tuviera tantos, la campesina de Minnesota...

Me faltaba el paso decisivo: dormir en el cuarto de huéspedes.

Ella tomaba mis decisiones con calma. Me sonreía amablemente. Yo era libre de mover mis cosas y sentirme cómodo. Esa sonrisa maldita me decía bien claro que su motivo no era cordial, sino perverso, infinitamente odioso. Calixta me toleraba estas pequeñas rebeldías porque ella era dueña y señora de la rebeldía mayor. Ella era dueña de la creación. Ella habitaba como reina la torre silenciosa del castillo. Yo, más y más, me portaba como un niño berrinchudo, incapaz de cruzar de un salto la fosa del castillo.

Repetía en silencio una cantinela de mi padre cuando recibía quejas de los vecinos a causa de un coche mal estacionado o una música demasiado ruidosa:

> *Ya los enanos ya se enojaron*
> *porque sus nanas los pellizcaron.*

El enano del castillo, pataleando a medida que se elevaba el puente sobre la fosa, observado desde el torreón por la imperturbable princesa de la magia negra y las trenzas rubias...

El deseo se me iba acabando. La culpa no era mía. Era del talento de ella. Seamos claros. Yo era incapaz de elevarme por encima de la superioridad de Calixta.

—Y ahora, ¿qué escribes? —le pregunté una noche, osando mirarla a los ojos.

—Un cuento sobre la mirada.

La miré animándola a continuar.

—El mundo está lleno de gente que se conoce y no se mira. En una casa de apartamentos en Chicago. En una iglesia aquí en Puebla. ¿Qué son? ¿Vecinos? ¿Viejos amantes de ayer? ¿Novios mañana? ¿Enemigos mortales?

—¿Qué son, pues? —comenté bastante irritado, limpiándome los labios con la servilleta.

—A ellos les toca decidir. Ese es el cuento.

—Y si dos de esos personajes viviesen juntos, ¿entonces qué?

—Interesante premisa, Esteban. Ponte a contar a toda la gente que no miramos aunque la tengamos enfrente de nosotros. Dos personas, pon tú, con las caras tan cercanas como dos pasajeros en un autobús atestado. Viajan con los cuerpos unidos, apretujados, con las mejillas tocándose casi, pero no se dicen nada. No se dirigen la palabra.

Para colmar el malestar que me producía la serena inteligencia de mi mujer, debo reiterar que, por mucho tiempo que pasase escribiendo, cuidaba con esmero todo lo relativo a la casa. Cuca, cocinera ancestral de mi familia, era el ama del recinto culinario de azulejos poblanos y de la minuta escandalosamente deliciosa de su cocina —puerco adobado, frijoles gordos de xocoyol, enchiladas de pixtli, mole miahuateco.

Hermenegilda, jovencita indígena recién llegada de un pueblo de la sierra, atendía en silencio y con la cabeza baja los menesteres menores pero indispensables de una vieja hacienda medio derrumbada. Pero Ponciano, el jardinero viejo —como la casa, como la cocinera— se anticipó a decirme una mañana:

—Joven Esteban, para qué es más que la verdad. Creo que estoy de sobra aquí.

Expresé sorpresa.

—La señora Calixta se ocupa cada vez más del jardín. Poco a poquito, me va dejando sin quehacer. Cuida del jardín como la niña de sus ojos. Poda. Planta. Qué le cuento. Casi acaricia las plantas, las flores, las trepadoras.

Ponciano, con su vieja cara de actor en blanco y negro —digamos, Arturo Soto Rangel o el Nanche Arosemena— tenía el sombrero de paja entre las manos, como era su costumbre al dirigirse a mí, en señal de respeto. Esta vez lo estrujó violentamente. Bien maltratado que estaba ya el sombrerito ese.

—Perdone la expresión, patroncito, pero la doña me hace sentirme de a tiro un viejo pendejo. A veces me paso el tiempo mirando el volcán y diciéndome a mí mismo, ora Ponciano, sueña que la Iztaccíhuatl está más cerca de ti que doña Calixta (con perdón del patrón) y que más te valdría, Ponciano, irte a plantar maguey que estar aquí plantado de güey todo el día...

Ponciano, recordé, iba todas las tardes de domingo a corridas de toros y novilladas pueblerinas. Es increíble la cantidad enciclopédica de información que guardan en el coco estos sirvientes mexicanos. Ponciano y los toros. Cuca y la cocina. Solo la criadita Hermenegilda, con su mirada baja, parecía ignorarlo todo. Llegué a preguntarle,

—Oye, ¿sabes cómo te llamas?

—Hermenegilda Torvay, para servir al patrón.

—Muy largo, chamaca. Te diré Herme o te diré Gilda. ¿Qué prefieres?

—Lo que diga su merced.

Sí, las mujeres (y los hombres) de los pueblos aislados de las montañas mexicanas hablan un purísimo español del siglo XVI, como si la lengua allí hubiese sido puesta a congelar y Herme —decidí abreviarla— abundaba en "su merced" y "mercar" y "lo mesmo" y "mandinga" y "mandado" —para limitarme a sus emes.

Y es que en México, a pesar de todas las apariencias de modernidad, nada muere por completo. Es como si el pasado solo entrase en receso, guardado en un sótano de cachivaches inservibles. Y un buen día, zas, la palabra, el acto, la memoria más inesperada, se hacen presentes, cuadrándose ante nosotros, como un cómico fantasmal, el espectro del Cantinflas tricolor que todos los mexicanos llevamos dentro, diciéndonos:

—A sus órdenes, jefe.

Jefe, Jefa, Jefecita. Así nos referimos los mexicanos a nuestras madres. Con toda ambivalencia, válgase añadir. Madre es tierna cabecita blanca, pero también objeto sin importancia —una madre— o situación caótica —un desmadre—. La suprema injuria es mandar a alguien a chingar a su madre. Pero, de vuelta, madre solo hay una, aunque "mamacita linda" lo mismo se le dice a una venerable abuela que a una procaz prostituta.

Mi "jefa", María Dolores Iñárritu de Durán, era una fuerte personalidad vasca digna de la severa actitud de mi padre Esteban (como yo) Durán-Mendizábal. Ambos habían muerto. Yo visitaba regularmente la tumba familiar en el camposanto de la ciudad, pero confieso que nunca me dirigía a mi señor padre, como si el viejo se cuidara a sí mismo en el infierno, el cielo o el purgatorio. Y aunque lo mismo podría decirse de mi madre, a ella sí sentía que podía hablarle, contarle mis cuitas, buscar su consejo.

Lo cierto es que, a medida que se cuarteaba mi relación con Calixta, aumentaban mis visitas al cementerio y mis monólogos (que yo consideraba diálogos) ante la tumba de doña María Dolores. ¡Cómo añoro los tiempos en que solo le recordaba a mi mamacita los momentos gratos, le agradecía fiestas y consejos, cuelgas y caricias! Ahora, mis palabras eran cada vez más agrias hasta culminar, una tarde de agosto, bajo la lluvia de una de esas puntuales tempestades estivales de México, en algo que traía cautivo en el pecho y que, al fin, liberé:

—Ay, mamacita, ¿por qué te moriste tú y no mi mujer Calixta?

Yo no sé qué poderes puede tener el matrimonio morganático del deseo y la maldición. Qué espantosa culpa me inundó como una bilis amarga de la cabeza a las puntas de los pies, cuando regresé a la casa alumbrada, la mansión ancestral e iluminada por la proverbial ascua, más que por las luces, por el lejano barullo, el ir y venir, las ambulancias ululantes y los carros de la policía.

Me abrí paso entre toda esa gente, sin saber quiénes eran —salvo los criados—: ¿doctores, enfermeros, policías, vecinos del pueblo? Estaban subiendo en una camilla a Calixta, que parecía inconsciente y cuya larga melena clara se arrastraba sobre el polvo, colgando desde la camilla. La ambulancia partió y la explicación llegó.

Calixta fue hallada bocabajo en el declive del alféizar. La encontró el jardinero Ponciano pero no se atrevió —dijo más tarde— a perturbar la voluntad de Dios, si tal era —sin duda— lo que le había sucedido a la meti-che patrona que lo dejaba sin quehacer. O quizá, dijo, tirarse bocabajo era una costumbre protestante de esas que nos llegan del norte.

La pasividad del jardinero le fue recriminada por la fiel cocinera Cuca cuando buscó a Calixta para preguntarle por el mandado del día siguiente. Ella dio el grito de alarma y convocó a la criadita Hermenegilda, ordenándole que llamase a un doctor. La Hermenegilda —me dijo Cuca con mala uva— no movió un dedo, contemplando a la patrona yacente casi con satisfacción. Al cabo fue la fiel Cuca la que tuvo que ocuparse habiendo perdido preciosos minutos, que se convirtieron en horas esperando la ambulancia.

Ya en el hospital, el médico me explicó. Calixta había sufrido un ataque de parálisis espástica. Estaban afectadas las fibras nerviosas del tracto córtico-espinal.

—¿Vivirá?

El doctor me observó con la máxima seriedad.

—Depende de lo que llamemos vivir. Lo más probable en estos casos es que el ataque provenga de una hipoxia o falta de oxígeno en los tejidos y ello afecte a la inteligencia, la postura y el equilibrio corporal.

—¿El habla?

—También. No podrá hablar. O sea, don Esteban, su esposa sufre un mal que inhibe los reflejos del movimiento, incluyendo la posibilidad de hablar.

—¿Qué hará?

Las horas —los años— siguientes me dieron la respuesta. Calixta fue sentada en una silla de ruedas y pasaba los días a la sombra de la ceiba y con la mirada perdida en el derrumbe del jardín. Digo derrumbe en el sentido físico. El derrame del alféizar empezó a ocultarse detrás del crecimiento desordenado del jardín. El delicioso huerto arábigo diseñado por Calixta obedecía ahora a la ley de la naturaleza, que es la ley de la selva.

Ponciano, a quien requerí regresar a sus tareas, se negó. Dijo que el jardín estaba embrujado o algo así. A Cuca no le podía pedir que se transformara en jardinera. Y Hermenegilda, como me lo avisó Cuca una tarde cuando regresó del trabajo.

—Se está creyendo la gran cosa, don Esteban. Como si ahora ella fuera la señora de la casa. Es una alzada. Métala en cintura, se lo ruego...

Había una amenaza implícita en las palabras de Cuca: o Hermenegilda o yo. Prometí disciplinar a la recamarera. En cuanto al jardín, decidí dejarlo a su suerte. Y así fue: crecía a paso de hiedra, insensible y silencioso hasta el día en que nos percatamos de su espesura.

¿Qué quería yo? ¿Por qué dejaba crecer el jardín que rodeaba a Calixta baldada a un ritmo que, en mi imaginación, llegaría a sofocar a esa mujer superior a mí y ahora sometida, sin fuerza alguna, a mi capricho?

Mi odio venía de la envidia a la superioridad intelectual de mi mujer, así como de la impotencia que genera saberse inútil ante lo que nos rebasa. Antes, yo estaba reducido a quejarme por dentro y cometer pequeños actos de agravio. Ahora, ¿había llegado el momento de demostrar mi fuerza? Pero, ¿qué clase de poderes podía demostrar ante un ser sin poder alguno?

Porque Calixta Brand, día con día, perdía poderes. No solo los de su inteligencia comprobada y ahora enmudecida. También los de su movimiento físico. Su belleza misma se deslavaba al grado de que, acaso, ella también deseaba que la hierba creciese más allá de su cabeza para ocultar la piel cada día más grisácea, los labios descoloridos, el pelo que se iba encaneciendo, las cejas despobladas sin pintar, el aspecto todo de un muro de jabelgas cuarteadas. El desarreglo general de su apariencia.

Le encargué a la Herme asearla y cuidarla. Lo hizo a medias. La bañaba a cubetazos —me dijo indignada la Cuca—, la secaba con una toalla ríspida y la devolvía a su sitio en el jardín.

Pedro Ángel Palou pasó a verme y me dijo que había visitado a Calixta, antigua alumna suya de la Escuela de Verano.

—No comprendo por qué no está al cuidado de una enfermera.

Suplí mi culpa con mi silencio.

—Creía que la recamarera bastaría —dije al cabo—. El caso es claro. Calixta sufre un alto grado de espasticidad.

—Por eso merece cuidados constantes.

En la respuesta del escritor y catedrático, hombre fino, había sin embargo un dejo de amenaza.

—¿Qué propone usted, profesor? —me sentí constreñido a preguntar.

—Conozco a un estudiante de medicina que ama la jardinería. Podría cumplir con las dos funciones, doctor y jardinero.

—Cómo no. Tráigalo un día de estos.

—Es árabe y musulmán.

Me encogí de hombros. Pero no sé por qué tan "saludable" propuesta me llenó de cólera. Acepté que la postración de Calixta me gustaba, me compensaba del sentimiento de inferioridad que como un gusano maldito había crecido en mi pecho, hasta salirme por la boca como una serpiente.

Recordaba con rencor la exasperación de mis ataques nunca contestados por Calixta. La sutileza de la superioridad arrinconada. La manera de decirle a Esteban (a mí):

—No es propio de una mujer dar órdenes.

Esa sumisión intolerablemente poderosa era ahora una forma de esclavitud gozosamente débil. Y sin embargo, en la figura inmóvil de mi mujer había una especie de gravedad estatuaria y una voz de reproche mudo que llegaba con fuerza de alisio a mi imaginación.

—Esteban, por favor, Esteban amado, deja de ver al mundo en términos de inferiores y superiores. Recuerda que no hay sino relaciones entre seres humanos. No tenemos otra vida fuera de nuestra piel. Solo la muerte nos separa e individualiza por completo. Aun así, ten la seguridad de que antes de morir, tarde o temprano, tendremos que rendir cuentas. El juicio final tiene su tribunal en este mundo. Nadie muere antes de dar cuenta de su vida. No hay que esperar la mirada del Creador para saber cuánta profundidad, cuánto valor le hemos dado a la vida, al mundo, a la gente, Esteban.

Ella había perdido el poder de la palabra. Luchaba por recuperarlo. Su mirada me lo decía, cada vez que me plantaba frente a ella en el jardín. Era una mirada de vidrio pero elocuente.

"¿Por qué no te gusta mi talento, Esteban? Yo no te quito nada. Participa de mi placer. Hazlo nuestro".

Estos encuentros culpables con la mirada de Calixta Brand me exasperaban. Por un momento, creí que mi presencia viva y actuante era insulto suficiente. A medida que *leía* a Calixta me iba dando cuenta de la miseria pusilánime de esta nueva relación con mi mujer inútil. Esa fue mi deplorable venganza inicial. Leerle sus propias cosas en voz alta, sin importarme que ella las escuchase, las entendiese o no.

Primero le leí fragmentos del cuaderno de redacción que descubrí en su recámara.

—Conque escribir es una manera de emigrar hacia nuestra propia alma. De manera que "tenemos que rendir cuentas porque no nos creamos a nosotros mismos ni al mundo. Así que no sé cuánto me queda por hacer en el mundo". Y para colmo, plumífera mía: "Pero sí sé una cosa. Quiero ayudarte a que no disipes tu herencia, Esteban...".

De modo que la imbécil me nombraba, se dirigía a mí con sus malditos papeles desde esa muerte en vida que yo contemplaba con odio y desprecio crecientes...

"¿Tuve derecho a casarme contigo? Lo peor hubiera sido nunca conocernos, ¿puedes admitir por lo menos esto? Y si muero antes que tú, Esteban, por favor pregúntate a ti mismo: ¿cómo quieres que yo, Calixta Brand, me aparezca en tus sueños? Si muero, mira atentamente mi retrato y registra los cambios. Te juro que muerta te dejaré mi imagen viva para que me veas envejecer como si no hubiera muerto. Y el día de tu propia muerte, mi efigie desaparecerá de la fotografía, y tú habrás desaparecido de la vida".

Era cierto.

Corrí a la recámara y saqué la foto olvidada de la joven Calixta Brand, abandonada al fondo de un cajón de calcetines. Miré a la joven que conocí en los portales de Puebla e hice mi mujer. A ella le di el nombre de alcurnia. Calixta de Durán-Mendizábal e Iñárritu. Tomé el retrato. Tembló entre mis manos. Ella ya no era, en la fotografía, la estudiante fresca y bella del zócalo. Era idéntica a la mujer inválida que se marchitaba día con día en el jardín... ¿Cuánto tardaría en esfumarse de la fotografía? ¿Era cierta la predicción de esta bruja infame, Calixta Brand: su imagen desaparecería de la foto solo cuando yo mismo muriese?

Entonces yo tenía que hacer dos cosas. Aplazar mi muerte manteniendo viva a Calixta y vengarme de la detestable imaginación de mi mujer humillándola.

Regresé al jardín con un manojo de sus papeles en el puño y les prendí fuego ante Calixta y su mirada de espejo.

Esa impavidez me movió a otro acto de relajamiento. Un domingo, aprovechando la ausencia de Cuca la cocinera, tomé del brazo a la sirvienta Hermenegilda, la llevé hasta el jardín y allí, frente a Calixta, me desabroché la bragueta, liberé la verga y le ordené a la criada:

—Anda. Rápido. Mámamela.

Hay mujeres que guardan el buche. Otras se tragan el semen.

—Herme, escúpele mi leche en la cara a tu patrona.

La criada como que dudó.

—Te lo ordeno. Te lo manda el patrón. No me digas que sientes respeto por esta pinche gringa.

Calixta cerró los ojos al recibir el escupitajo grueso y blancuzco. Estuve a punto de ordenarle a Hermenegilda:

—Ahora límpiala. Ándale, gata.

Mi desenfreno exacerbado me lo impidió. Que se le quedaran en la cara las costras de mi amor. Calixta permaneció impávida. La Herme se retiró entre orgullosa y penitente. A saber qué pasaba por la cabeza de una india bajada del cerro a tamborazos. Me fui a comer a la ciudad y cuando regresé al atardecer encontré al doctor Palou de rodillas frente a Calixta, limpiándole el rostro. No me miró a mí. Solo dijo, con autoridad irrebatible:

—Desde mañana vendrá el estudiante que le dije. Enfermero y jardinero. Él se hará cargo de doña Calixta.

Se incorporó y lo acompañé, sin delatar emoción alguna, hasta la salida. Pasamos frente al cuadro del árabe en el salón. Me detuve sorprendido. El tocado de seda enjoyado había sido sustituido por un turbante. Palou iba retirándose. Lo detuve del brazo.

—Profesor, este cuadro...

Palou me interrogó con dureza desde el fondo de sus gruesos anteojos.

—Ayer tenía otro tocado.

—Se equivoca usted —me dijo con rigor el novelista poblano—. Siempre ha usado turbante... Las modas cambian —añadió sin mover un músculo facial...

El jardinero-enfermero debía llegar en un par de días. Se apoderó de mi ánimo un propósito desleal, hipócrita. Ensayaría el tiempo que faltaba para hacerme amable con Calixta. No quería que mi crueldad traspasara los muros de mi casa. Bastante era que Palou se hubiese dado cuenta de la falta de misericordia que rodeaba a Calixta. Pero Palou era un hombre a la vez justo y discreto.

Comencé mi farsa hincándome ante mi mujer. Le dije que hubiese preferido ser yo el enfermo. Pero la mirada de mi esposa se iluminó por un instante, enviándome un mensaje.

"No estoy enferma. Simplemente, quise huir de ti y no encontré mejor manera".

Reaccioné deseando que se muriera de una santa vez, liberándome de su carga.

De nuevo, su mirada se tornó elocuente para decirme: "Mi muerte te alegraría mucho. Por eso no me muero".

Mi espíritu dio un vuelco inesperado. Miré al pasado y quise creer que yo había dependido de ella para darme confianza en mí mismo. Ahora ella dependía de mí y sin embargo yo no la toleraba. Sospechaba, viéndola sentada allí, disminuida, indeciso entre desear su muerte o aplazarla en nombre de mi propia vida, que en ese rostro noble pero destruido sobrevivía una extraña voluntad de *volver a ser ella misma,* que su presencia contenía un habla oscura, que, aunque ya no era bella como antes, era capaz de resucitar la memoria de su hermosura y hacerme a mí responsable de su miseria. ¿Se vengaría esta mujer inútil de mi propia, vigorosa masculinidad?

Por poco me suelto riendo. Fue cuando escuché los pasos entre la maleza que iba creciendo en el jardín arábigo y vi al joven que se acercó a nosotros.

—Miguel Asmá —se presentó con una leve inclinación de la cabeza y la mano sobre el pecho.

—Ah, el enfermero —dije, algo turbado.

—Y el jardinero —añadió el joven, echando un vistazo crítico al estado de la jungla que rodeaba a Calixta.

Lo miré con la altanería directa que reservo a quienes considero inferiores. Solo que aquí encontré una mirada más altiva que la mía. La presencia del llamado Miguel Asmá era muy llamativa. Su cabeza rubia y rizada parecía un casco de pelo ensortijado a un grado inverosímil y contrastaba notablemente con la tez morena, así como chocaba la dulzura de su mirada rebosante de ternura con una boca que apenas disimulaba el desdén. La nariz recta e inquietante olfateaba sin cesar y con impulso que me pareció *cruel.* Quizá se olía a sí mismo, tan poderoso era el aroma de almizcle que emanaba de su cuerpo o quizá de su ropa, una camisa blanca muy suelta, pantalones de cuero muy estrechos, pies descalzos.

—¿Qué tal los estudios? —le dije con mi más insoportable aire de perdonavidas.

—Bien, señor.

No dejó de mirarme con una suerte de serena aceptación de mi existencia.

—¿Muy adelantado? ¿Muy al día? —sonreí chuecamente.

Miguel a su vez sonrió. —A veces lo más antiguo es lo más moderno, señor.

—¿O sea?

—Que leo el *Quanun fi at-tibb* de Avicena, un libro que después de todo sentó autoridad universal en todas partes durante varios siglos y sigue, en lo esencial, vigente.

—En cristiano —dije, arrogante.

—El *Canon de la medicina* de Avicena y también los escritos médicos de Maimónides.

—¿Supercherías de beduinos? —me reí en su cara.

—No, señor. Maimónides era judío, huyó de Córdoba, pasó disfrazado por Fez y se instaló en El Cairo protegido por el sultán Saladino. Judíos y árabes son hermanos, ve usted.

—Cuénteselo a Sharon y a Arafat —ahora me carcajeé.

—Tienen en común no solo la raza semita —prosiguió Miguel Asmá—, sino el destino ambulante, la fuga, el desplazamiento...

—Vagos —interpuse ya con ánimo de ofender.

Miguel Asmá no se inmutó. —Peregrinos. Maimónides judío, Avicena musulmán, ambos maestros eternos de una medicina destilada, señor Durán, esencial.

—De manera que me han enviado a un curandero árabe —volví a reír.

Miguel se rio conmigo. —Quizás le aproveche la lectura de *La guía de perplejos* de Maimónides. Allí entendería usted que la ciencia y la religión son compatibles.

—Curandero —me carcajeé y me largué de allí.

Al día siguiente, Miguel, desde temprana hora, estaba trabajando en el jardín. Poco a poco la maleza desaparecía y en cambio el viejo Ponciano reaparecía ayudando al joven médico-jardinero, podando, tumbando las hierbas altas, aplanando el terreno.

Miguel, bajo el sol, trabajaba con un taparrabos como única prenda y vi con molestia las miradas lascivas que le lanzaba la criadita Hermenegilda y la absoluta indiferencia del joven jardinero.

—¿Y usted? —interpelé al taimado Ponciano—. ¿No que no?

—Don Miguel es un santo —murmuró el anciano.

—Ah, ¿sí? ¿A santo de qué? —jugué con el lenguaje.

—Dice que los jardineros somos los guardianes del Paraíso, don Esteban. Usted nunca me dijo eso, pa'qués más que la verdá.

Seductor de la criada, aliado del jardinero, cuidador de mi esposa, sentí que el tal Miguel me empezaba a llenar de piedritas los cojones. Estaba influyendo demasiado en mi casa. Yo no podía abandonar el trabajo. Salía a las nueve de la mañana a Puebla, regresaba a las siete de la tarde. La jornada era suya. Cuando la Cuca comenzó a cocinar platillos árabes, me irrité por primera vez con ella.

—¿Qué, doña Cuca, ahora vamos a comer como gitanos o qué?

—Ay, don Esteban, viera las recetas que me da el joven Miguelito.

—Ah, sí, ¿cómo qué?

—No, nada nuevo. Es la manera de explicarme, patrón, que en cada plato que comemos hay siete ángeles revoloteando alrededor del guiso.

—¿Los has visto a estos "ángeles"?

Doña Cuca me mostró su dentadura de oro.

—Mejor todavía. Los he probado. Desde que el joven entró a la cocina, señor, todo sabe a miel, ¡viera usted!

¿Y con Calixta? ¿Qué pasaba con Calixta?

—Sabe, señor Durán, a veces la enfermedad cura a la gente —me dijo un día el tal Miguel.

Yo entendí que el efebo caído en mi jardín encandilara a mi servicio. Trabajaba bajo el alto sol de Puebla con un breve taparrabos que le permitía lucir un cuerpo esbelto y bien torneado donde todo parecía duro: pecho, brazos, abdomen, piernas, nalgas. Su única imperfección eran dos cicatrices hondas en la espalda.

Más allá de su belleza física, ¿qué le daba a mi mujer incapacitada?

La venganza. Calixta era atendida con devoción extrema por un bello muchacho en tanto que yo, su marido, solo la miraba con odio, desprecio, o indiferencia.

¿Qué veía en Calixta el joven Miguel Asmá? ¿Qué veía él que no veía yo? ¿Lo que yo había olvidado sobre ella? ¿Lo que me atrajo cuando la conocí? Ahora Calixta envejecía, no hablaba, sus escritos estaban quemados o arrumbados por mi mano envidiosa. ¿Qué leía Miguel Asmá en ese silencio? ¿Qué le atraía en esta enferma, en esta enfermedad?

Cómo no me iba a irritar que mientras yo la despreciaba, otro hombre ya la estaba queriendo y en el acto de amarla, me hacía dudar sobre mi voluntad de volverla a querer.

Miguel Asmá pasaba el día entero en el jardín al lado de Calixta. Interrumpía el trabajo para sentarse en la tierra frente a ella, leerle en voz baja pasajes de un libro, encantarla, acaso...

Un domingo, alcancé a escuchar vergonzosamente, escondido entre las salvajes plantas cada vez más domeñadas, lo que leía el jardinero en voz alta.

—Dios entregó el jardín a Adán para su placer. Adán fue tentado por el demonio Iblis y cayó en pecado. Pero Dios es todopoderoso. Dios es todo misericordia y compasión. Dios entendía que Iblis procedía contra Adán por envidia y por rencor. De manera que condenó al Demonio, y Adán regresó al Paraíso perdonado por Dios y consagrado como primer hombre pero también como primer profeta.

Miró intensamente con sus ojos negros bajo la corona de pelo rubio y ensortijado.

—Adán cayó. Mas luego, ascendió.

De manera que tenía que vérmelas con un iluminado, un Niño Fidencio universitario, un embaucador religioso. Me encogí, involuntariamente, de hombros. Si esto aliviaba a la pobre Calixta, *tant mieux*, como decía mi afrancesada madre. Lo que comenzó a atormentarme era algo más complicado. Era mi sorpresa. Mientras yo la acabé odiando, otro ya la estaba queriendo. Y esa atención tan tierna de Miguel Asmá hacia Calixta me hizo dudar por un instante. ¿Podría yo volver a quererla? Y algo más insistente. ¿Qué le veía Miguel a Calixta que yo no le veía ya?

De estas preguntas me distrajo algo más visible aunque acaso más misterioso. En pocas semanas, a las órdenes de Miguel Asmá y sus entusiastas colaboradores —Ponciano el viejo jardinero, Hermenegilda la criada obviamente enamoriscada del bello intruso y aun la maternal doña Cuca, rebosante de instinto—, el potrero enmarañado en que se había convertido el jardín revertía a una belleza superior a la que antes era suya.

Como el jardín se inclinaba del alfiz que enmarcaba la puerta de entrada al alfaque que Calixta observaba el día entero como si por ese banco de arena fluyese un río inexistente, Miguel Asmá fue escalonando sabiamente el terreno a partir del patio con su fuente central, antes seca, ahora fluyente. Un suave rumor comenzó a reflejarse sutilmente, tranquilamente, en el rostro de mi esposa.

Con arduo pero veloz empeño, Miguel y su compañía —¡mis criados, nada menos!— trabajaron todo el jardín. Debidamente podado y escalonado, empezó a florecer mágicamente. Narcisos invernales, lirios primaverales, violetas de abril, jazmín y adormideras, flores de camomila en mayo convirtiéndose en bebida favorita de Calixta. Azules alhelíes, perfumados mirtos, rosas blancas que Miguel colocaba entre los cabellos grises de Calixta Brand, jajá.

Estupefacto, me di cuenta de que el joven Miguel había abolido las estaciones. Había reunido invierno, primavera, verano y otoño en una sola estación. Me vi obligado a expresarle mi asombro.

Él sonrió como era su costumbre. —Recuerde, señor Durán, que en el valle de Puebla, así como en todo el altiplano mexicano, coexisten los cuatro tiempos del año...

—Has enlistado a todo mi servicio —dije con mi habitual sequedad.

—Son muy entusiastas. Creo que en el alma de todo mexicano hay la nostalgia de un jardín perdido —dijo Miguel rascándose penosamente la espalda—. Un bello jardín nos rejuvenece, ¿no cree usted?

Bastó esta frase para enviarme a mi dormitorio y mirar la foto antigua de Calixta. Perdía vejez. Iba retornando a ser la hermosa estudiante de las Ciudades Gemelas de Minnesota de la que me enamoré siendo ambos estudiantes. Dejé caer, asombrado, el retrato. Me miré a mí mismo en el espejo del baño. ¿Me engañaba creyendo que, a medida que ella rejuvenecía en la foto, yo envejecía en el espejo?

No sé si esta duda, transformándose poco a poco en convicción, me llevó una tarde a sentarme junto a Calixta y decirle en voz muy baja:

—Créeme, Calixta. Ya no te deseo a ti, pero deseo tu felicidad...

Miguel el jardinero y doctor levantó la cabeza agachada sobre un macizo de flores y me dijo: —No se preocupe, don Esteban. Seguro que Calixta sabe que ya han desaparecido todas las amenazas contra ella...

Era estremecedor. Era cierto. La miré sentada allí, serena, envejecida, con un rostro que se empeñaba en ser noble pese a la destrucción maligna de la enfermedad y el tiempo. Su mirada hablaba por ella. Su mirada *escribía* lo que traía dentro del alma. Y la pregunta de su espíritu a mí era: "Ya no soy bella como antes. ¿Es esta razón para dejar de amarme? ¿Por qué Miguel Asmá sabe amarme y tú no, Esteban? ¿Crees que es culpa mía? ¿No aceptas que tampoco es culpa tuya porque tú nunca eres culpable, tú sólo eres indolente, arrogante?".

Miguel Asmá completó en voz alta el pensamiento que ella no podía expresar.

—Se pregunta usted, señor, qué hacer con la mujer que amó y ya no desea, aunque la sigue queriendo...

¡Cómo me ofendió la generosidad del muchacho! No sabía su lugar...

—Pon siempre a los inferiores en su sitio —me aconsejaba mi madre, q.e.p.d.

—No entiendes —le dije a Miguel—. No entiendes que antes yo dependía de ella para tener confianza en la vida y ahora ella depende de mí y no lo soporta.

—Va a vengarse —murmuró el bello tenebroso.

—¿Cómo, si es inválida? —contesté exasperado aún por mi propia estupidez, y añadí con ferocidad—. Mi placer, sábetelo, nene, es negarle a Calixta inválida todo lo que no quise darle cuando estaba sana...

Miguel negó con la cabeza. —Ya no hace falta, señor. Yo le doy todo lo que ella necesita.

Enfurecí. —¿Cuidado de enfermero, habilidad de jardinero, condición servil?

Casi escupí las palabras.

—Atención, señor. La atención que ella requiere.

—¿Y cómo lo sabes, si ella no habla?

Miguel Asmá me contestó con otra interrogante.

—¿Se ha preguntado qué parte podría usted tener ahora de ella, habiéndola tenido toda?

No pude evitar el sarcasmo. —¿Qué cosa me permites, chamaco?

—No importa, señor. Yo he logrado que desaparezcan todas las amenazas contra ella...

Lo dijo sin soberbia. Lo dijo con un gesto de dolor, rascándose bruscamente la espalda.

—Ha carecido usted de atención —me dijo el joven—. Su mujer perdió el poder sobre las palabras. Ha luchado y sufrido heroicamente pero usted no se ha dado cuenta.

—¿Qué importa, zonzo?

—Importa para usted, señor. Usted ha salido perdiendo.

—¿Ah, sí? —recuperé mi arrogante hidalguía—. Ahora lo veremos.

Caminé recio fuera del jardín. Entré a la casa. Algo me perturbó. El cuadro me atrajo. La imagen del árabe tocado por un turbante se había, al fin, aclarado, como si la mano de un restaurador artífice hubiese eliminado capa tras capa de arrepentimientos, hasta revelar el rostro de mirada beatífica y labios crueles, la nariz recta y la cabeza rizada asomándose sobre las orejas.

Era Miguel Asmá.

Ya no cabía sorprenderse. Solo me correspondía correr escaleras arriba, llegar a mi recámara, mirar el retrato de Calixta Brand.

La imagen de mi mujer había desaparecido. Era un puro espacio blanco, sin efigie.

Era el anuncio —lo entendí— de mi propia muerte.

Corrí a la ventana, asustado por el vuelo de las palomas en grandes bandadas blancas y grises.

Vi lo que me fue permitido ver.

La joven Calixta Brand, la linda muchacha a la que conocí y amé en los portales de Puebla, descansaba, bella y dócil, en brazos del llamado Miguel Asmá.

Otra vez, como en el principio, ella hizo de lado, con un ligero movimiento de la mano, el rubio mechón juvenil que cubría su mirada.

Como el primer día.

Abrazando a mi esposa, Miguel Asmá ascendía desde el jardín hacia el firmamento. Dos alas enormes le habían brotado de la espalda adolorida, como si todo este tiempo entre nosotros, gracias a una voluntad pesumbrosa, Miguel hubiera suprimido el empuje de esas alas inmensas por brotarle y hacer lo que ahora hacían: ascender, rebasar la línea de los volcanes vecinos, sobrevolar los jardines y techos de Huejotzingo, el viejo convento de arcadas platerescas, las capillas pozas, las columnas franciscanas, el techo labrado de la sacristía de San Diego, mientras yo trataba de murmurar:

—¿Cómo ha podido este joven robarme mi amor?

Algo de inteligencia me quedaba para juzgarme como un perfecto imbécil.

Y abajo, en el jardín, Cuca y Hermenegilda y Ponciano miraban asombrados el milagro (o lo que fuera) hasta que Miguel con Calixta en sus brazos desaparecieron de nuestra vista en el instante en que ella movía la mano en gesto de despedida. Sin embargo, la voz del médico y jardinero árabe persistía como un eco llevado hasta el agua fluyente del alfaque ayer seco, ahora un río fresco y rumoroso que pronosticaba, lo sé, mi vejez solitaria, cuando en días lluviosos yo daría cualquier cosa por tener a Calixta Brand de regreso.

Lo que no puedo, deseándolo tanto, es pedirle perdón.

Mi mujer

Guy de Maupassant

Era el final de una cena de hombres, de hombres casados, viejos amigos, que se reunían a veces sin sus mujeres; encuentros "de varones", como los de otros tiempos. La comida se alargaba, se bebía mucho, se hablaba de todo, se volvía una y otra vez a recuerdos antiguos y alegres, esos recuerdos cálidos que, sin quererlo uno, hacen sonreír los labios y estremecer el corazón.

Alguno decía:

—¿Te acuerdas, George, de cuando fuimos a Saint-Germain con esas dos muchachitas de Montmartre?

—¡Claro que me acuerdo!

Y volvían sobre los detalles, esto y lo otro, mil pequeñas cosas que todavía hoy les daba gusto recordar.

La conversación desembocó en el matrimonio, y uno de ellos dijo, con sinceridad:

—¡Ah, si fuera posible volver a empezar!

Georges Duportin agregó:

—Es extraordinario cómo se cae fácilmente. Uno está completamente decidido a no casarse jamás, y luego, en la primavera, vamos al campo, hace calor, el verano pinta bien, la hierba florece, uno conoce a una joven en casa de amigos… y ya está: vuelve casado.

Pierre Létoile exclamó:

—¡Exactamente! Esa es mi historia, sólo que con detalles muy particulares que…

Su amigo lo interrumpió:

—Tú no te quejes. Tienes la mujer más encantadora del mundo, hermosa, simpática, perfecta. Tú eres sin duda el más afortunado de nosotros.

El otro replicó:

—Nada de eso es mi responsabilidad.

—¿Cómo es eso?

—Es verdad que tengo una mujer perfecta, pero me casé con ella a mi pesar.

—¡Pero, vamos!

—Sí…, he aquí lo que pasó. Yo tenía treinta y cinco años, y pensaba tan poco en casarme como en colgarme. Las muchachas que conocía me parecían insípidas y adoraba los placeres.

Me invitaron, en mayo, a la boda de mi primo Simon d'Erabel, en Normandía. Fue una verdadera boda normanda. Nos sentamos a la mesa a las cinco de la tarde y a las once todavía seguíamos comiendo. Para la ocasión me habían asignado como pareja a una tal señorita Dumoulin, hija de un coronel retirado; una joven rubia y decidida, desenvuelta, atrevida y habladora. Ella me acaparó completamente durante toda la jornada, me arrastró al parque, me hizo bailar de buen o mal grado, me fastidió.

Me dije: "Por hoy pasa, pero mañana me desligo. Ya es suficiente".

A eso de las once de la noche, las mujeres se retiraron a sus habitaciones. Los hombres se quedaron a fumar mientras bebían o a beber mientras fumaban, como más les guste.

Por la ventana abierta se veía el baile campestre. Los toscos aldeanos se movían en ronda, saltando y aullando un aire de danza salvaje que acompañaban tímidamente dos violinistas y un clarinete ubicados sobre una gran mesa de cocina que hacía las veces de estrado. El canto desaforado de los campesinos tapaba por completo la melodía de los instrumentos, y la débil música, desgarrada por las voces desatadas, parecía caer del cielo en jirones, en pequeños fragmentos de notas dispersas.

Dos grandes barriles, rodeados de antorchas llameantes, abastecían de bebida al gentío. Dos hombres se ocupaban de enjuagar los vasos y los cuencos en una cubeta para colocarlos inmediatamente bajo los grifos de donde manaba el chorrito rojo del vino o el dorado de la sidra. Y los bailarines sedientos, los viejos sosegados, las muchachas sudorosas se agolpaban, tendiendo los brazos para tomar a su turno un vaso cualquiera y deslizar por la garganta, a grandes tragos, inclinando hacia atrás la cabeza, la bebida elegida. Sobre una mesa había pan, manteca, quesos y embutidos. Cada uno tomaba un bocado de cuando en cuando. Y bajo el resplandor de las estrellas, daba gusto contemplar esta fiesta saludable y violenta, daban ganas de beber uno también del vientre de esos grandes toneles y de comer pan duro con manteca y cebolla cruda.

Un deseo loco de tomar parte de esos goces me atrapó, y abandoné a mis compañeros.

Puede ser que estuviera un poco ebrio, debo confesarlo, pero pronto lo estuve del todo.

Tomé de la mano a una gruesa campesina sofocada y la hice saltar locamente hasta quedarme sin aliento.

Y después me embuché un trago de vino y enseguida tomé a otra gallarda muchacha. Luego, para refrescarme, bebí un cuenco repleto de sidra y volví a brincar como un poseído.

Yo era ágil. Los muchachos, encantados, me miraban buscando imitarme; todas las muchachas querían bailar conmigo y saltaban torpemente con elegancia de vacas.

Por fin, de ronda en ronda, de vaso de vino en vaso de sidra, me encontré, cerca de las dos de la mañana, tan borracho que no podía tenerme en pie.

Consciente de mi estado, quise irme a mi habitación. La mansión dormía, silenciosa y oscura.

Yo no tenía cerillas y todo el mundo estaba acostado. En cuanto llegué al vestíbulo, me invadieron los mareos. Como fuera, tenía que encontrar la baranda de la escalera. Por fin la hallé por azar, a tientas, y me senté en el primer peldaño para tratar de ordenar un poco mis pensamientos.

Mi habitación se encontraba en el segundo piso, la tercera puerta a la izquierda. Era una fortuna que no me hubiera olvidado de eso. Confiado en ese recuerdo, me levanté, no sin dificultad, y comencé a subir, peldaño por peldaño, las manos soldadas a los barrotes de hierro para no caerme, con la idea fija de no hacer ruido.

Tres o cuatro veces solamente mis pies erraron los escalones y caí sobre las rodillas, pero, gracias a la energía de mis brazos y a mi fuerza de voluntad, pude evitar desmoronarme por completo.

Por fin alcancé el segundo piso y me aventuré por el corredor, tanteando las paredes. He aquí una puerta; yo contaba: "una", pero un súbito mareo me apartó de la pared y me hizo hacer un recorrido singular que me lanzó contra el muro contrario. Quise volver caminando en línea recta. La travesía fue larga y penosa. Por fin reencontré el lado por donde había venido y me puse a recorrerlo de nuevo con prudencia. Encontré otra puerta. Para estar seguro de no equivocarme, conté con voz más alta: "dos", y retomé la marcha. Terminé por encontrar la tercera. Me dije: "tres, es la mía", y puse la llave en la cerradura. La puerta se abrió. Pensé, a pesar de mi aturdimiento, "puesto que se abre, seguro que es mi habitación". Y avancé entre las sombras después de cerrar la puerta suavemente.

Tropecé con algo blando: mi sofá. Me acosté enseguida sobre él.

En mi situación, no debía obstinarme en buscar la mesa de noche, el candelabro, las cerillas. Eso me llevaría dos horas por lo menos. Y me haría falta otro tanto de tiempo para desvestirme, y tal vez no lo consiguiera. Renuncié.

Me saqué solamente los botines, me desabotoné el chaleco, que me estrangulaba, me aflojé el pantalón y me dormí con un sueño invencible.

Pasó mucho tiempo, sin duda. Me despertó bruscamente una voz vibrante que decía, muy cerca de mí:

—¿Qué pasa, perezosa? ¿Todavía acostada? Son las diez, ¿sabes?

Una voz de mujer respondió:

—¡Ya voy! Estaba tan cansada de ayer...

Estupefacto, me pregunté qué querría decir ese diálogo.

¿Dónde estaba? ¿Qué había hecho?

Mi espíritu flotaba, todavía envuelto en una nube espesa.

La voz que había hablado primero agregó:

—Voy a abrirte las cortinas.

Y escuché pasos que se aproximaban. Me senté, enloquecido. Entonces una mano se posó sobre mi cabeza. Hice un movimiento brusco. La voz preguntó con violencia:

—¿Quién está acá?

Me cuidé bien de no responder. Dos puños furiosos me aferraron, y yo también agarré a alguien. Comenzó una lucha espantosa. Rodamos, derribando muebles, chocando contra las paredes.

La voz de mujer gritaba horriblemente:

—¡Socorro! ¡Socorro!

Acudieron los sirvientes, los huéspedes vecinos, las damas espantadas. Alguien abrió los postigos y descorrió las cortinas. ¡Estaba peleando con el coronel Dumoulin!

Había dormido junto al lecho de su hija.

Cuando nos separaron, hui a mi habitación, agobiado por el descubrimiento. Me encerré con llave y me senté, con los pies sobre una silla, pues mis botines habían quedado en el cuarto de la joven.

Escuchaba un gran tumulto en toda la casa, puertas que se abrían y cerraban, cuchicheos, pasos veloces.

Al cabo de media hora golpearon a mi puerta. Grité:

—¿Quién es?

Era mi tío, el padre del recién casado. Abrí.

Estaba pálido de rabia y me trató con dureza:

—Te has portado en mi casa como un patán, ¿escuchas? —Luego agregó con un tono más calmo—: Pedazo de imbécil, ¿cómo te dejas sorprender a las diez de la mañana? Irte a dormir como una marmota en esa habitación en lugar de marcharte enseguida... enseguida después.

Exclamé:

—Pero, tío, le aseguro que no pasó nada... Me equivoqué de puerta, estaba borracho.

Se encogió de hombros:

—Vamos, no digas pavadas.

Levanté la mano y dije:

—Se lo juro por mi honor.

Mi tío replicó:

—Claro, está bien. Tu deber es decir eso.

Me enojé a mi vez, y le conté todo el problema. Él me miraba con ojos asombrados, sin saber si debía creerme.

Luego salió para conversar con el coronel.

Comprendí que se había formado una especie de tribunal de madres al cual le eran sometidos los diferentes aspectos de la situación.

Una hora más tarde, mi tío volvió. Se sentó con aire de juez y comenzó:

—Sea lo que sea, no veo más que un modo de sortear este asunto, y es que te cases con la señorita Dumoulin.

Di un salto de pavor:

—¡Eso nunca! ¡Desde ya que no!

Preguntó, gravemente:

—¿Qué piensas hacer entonces?

Respondí con tranquilidad:

—Pues... irme, cuando haya recuperado mis botines.

Mi tío replicó:

—Hablemos en serio, si te parece. El coronel está resuelto a saltarte la tapa de los sesos en cuanto te vea. Y puedes estar seguro de que no amenaza en vano. Le hablé de un duelo, pero él me respondió: "No, ya le he dicho que le haré saltar la tapa de los sesos".

Examinemos ahora la cuestión desde otro punto de vista. O bien sedujiste a la niña y entonces tanto peor para ti, hijo mío: eso no se les hace a las muchachas. O bien te equivocaste estando ebrio, como tú dices. Entonces es todavía peor: uno no se mete en situaciones tan ridículas. De todos modos la pobre niña ha perdido su reputación, pues nadie creerá jamás las explicaciones de un borracho. La verdadera víctima, la única víctima aquí es ella. Reflexiona.

Y se retiró mientras yo gritaba a sus espaldas:

—Hable todo lo que quiera. No me casaré.

Me quedé solo una hora más.

Entonces fue el turno de mi tía. Lloraba. Usó todos los razonamientos posibles. Nadie creía en mi error. Era imposible admitir que la muchacha se hubiese olvidado de cerrar la puerta en una casa llena de gente. El coronel la había castigado. Ella lloraba sin parar desde la mañana. Era un escándalo terrible, imborrable.

Y mi buena tía añadió:

—Pídela hoy en matrimonio. Puede ser que se encuentre el modo de sortear este asunto discutiendo las condiciones del contrato.

Esa perspectiva me alivió. Y acepté escribir mi petición. Una hora más tarde volví a París.

A la mañana siguiente me avisaron que mi petición había sido aceptada.

Entonces, en tres semanas, sin que pudiera encontrar un ardid, una excusa, se publicaron los avisos, se enviaron las participaciones, se firmó el contrato, y yo me encontré, un lunes a la mañana, en el coro de una iglesia iluminada, al lado de una joven que lloraba, después de haberle declarado al alcalde que aceptaba tomarla por esposa... hasta que la muerte nos separara.

No había vuelto a verla, y la miraba de costado con un cierto asombro hostil. Sin embargo, no era fea, nada fea. Me dije: "No la esperan días muy alegres".

Ella no me miró ni una vez en toda la tarde, ni me dijo una palabra.

Hacia la medianoche, entré en la habitación nupcial con la intención de hacerle saber mis resoluciones, pues yo era el patrón ahora.

La encontré sentada en un sillón, vestida con la ropa que había usado en el día, con los ojos rojos y la tez pálida. Se levantó apenas entré y vino gravemente hacia mí.

—Señor —me dijo—. Estoy lista para hacer lo que me ordene. Me mataré si usted así lo quiere.

Estaba tan linda en ese papel heroico, la hija del coronel. La besé, estaba en mi derecho.

Y me di cuenta enseguida de que no me habían estafado.

Hace cinco años que estoy casado. Nunca lo he lamentado todavía.

Pierre Létoile se quedó callado. Sus compañeros rieron. Uno de ellos dijo:

—El matrimonio es una lotería. Nunca hay que elegir los números, los del azar son los mejores.

Y otro agregó, para concluir:

—Sí, pero no olvidemos que el dios de los borrachos eligió por Pierre.

Notas sobre los autores

Leopoldo Alas nació en Zamora, España, en 1852. A partir de los siete años vivió en Oviedo, ciudad que se convertiría, de alguna manera, en la protagonista de su obra cumbre, *La Regenta* (1884). Desde temprana edad manifestó afición por la literatura, el teatro, el periodismo satírico y las ideas republicanas. Se doctoró en leyes y se ubicó entre los seguidores del filósofo alemán Kart Krause. Con el seudónimo de "Clarín", se convirtió, a partir de 1875, en uno de los colaboradores más activos de la prensa democrática. Sus artículos alcanzaron gran popularidad, pero su mordacidad le valió numerosos enemigos. En 1886 publicó su primer libro de cuentos, *Pipá*. En 1889 termina un ensayo biográfico sobre Benito Pérez Galdós, dentro de una serie titulada *Celebridades españolas contemporáneas*. A finales de junio de 1891, publicó su segunda novela larga, *Su único hijo*. En 1894, alentado por un grupo de amigos, estrenó su única obra teatral, *Teresa*. Murió en Oviedo en 1901.

Sherwood Anderson nació en Camden (Estados Unidos), en 1876. Se vio obligado a vivir en diferentes localidades de Ohio por razones familiares y comenzó a trabajar desde muy joven. Participó en Cuba de la Guerra Española-Americana. Luego se trasladó a Chicago, donde trabajó para una empresa publicitaria. Publicó su primer libro, *Winesburgo, Ohio*, en 1919, una colección de cuentos realistas que marcaría la narrativa breve norteamericana del siglo xx.

En 1921 marchó a Europa y después a Nueva Orleáns. En Nueva York participó en el movimiento literario y social representado por *New Masses, The Seven Arts, The Nation* y *The New Republic,* junto con Van Wiyck Brooks, H. L. Mencken y Waldo Frank. Entre sus libros de relatos, cabe mencionar: *El triunfo del huevo* (1921), *Caballos y hombres* (1923) y *Muerte en el bosque y otros cuentos* (1933) y las novelas *Many Marriages* (1923), *Risa negra* (1925) y *Más allá del deseo* (1932). También escribió ensayos, poesía y teatro. Murió en Colón, Panamá, en 1941.

Mario Benedetti nació en el Uruguay el 14 de septiembre de 1920. Publicó su primer libro de cuentos, *Esta mañana,* en 1949, y al año siguiente, los poemas de *Sólo mientras tanto.* Participó activamente de la revista *Número* y ganó notoriedad con *Los poemas de la oficina* (1956) y los cuentos de *Montevideanos* (1959). El reconocimiento internacional llegó con *La tregua* (1960) y se consolidó con *Gracias por el fuego* (1965); ambas novelas fueron llevadas al cine. Como muchos autores comprometidos, vivió más de una década en el exilio entre la Argentina, el Perú, Cuba y España. En 1982, con *Primavera con una esquina rota* (Premio Llama de Oro de Amnistía Internacional), expuso la experiencia política de su generación. Entre sus libros destacamos: *La borra del café* (1992), *Perplejidades de fin de siglo* (1993), *El olvido está lleno de memoria* (1994), *El amor, las mujeres y la vida* (1995) y *Andamios* (1996). Sus poesías han sido reunidas en *Inventario I y II.* El 17 de mayo de 2009 murió en Montevideo.

Giovanni Boccaccio nació quizás en París en 1313, siendo hijo ilegítimo de un comerciante florentino y una noble francesa. Criado en Florencia, fue enviado a estudiar a Nápoles, donde llegó a formar parte de la corte del rey Roberto de Anjou. A su regreso a Florencia desempeñó varios cargos diplomáticos en el gobierno de la ciudad, y en 1350 conoció al gran poeta y humanista Petrarca, con el que mantuvo una estrecha amistad. En sus años finales Boccaccio se dedicó a la meditación religiosa. Su obra más importante es *El Decamerón*. En esta colección de relatos ingeniosos y alegres, un grupo de amigos, para escapar de la peste, se refugian en una villa de las afueras de Florencia y se entretienen unos a otros durante diez días narrando cuentos. *El Decamerón* rompió con la tradición literaria de la Edad Media: por primera vez se presentaba al hombre como artífice de su destino, más que como un ser a merced de la gracia divina. Boccaccio murió en 1375.

Antón Pavlovich Chéjov nació el 17 de enero de 1860 en Taganrog, Rusia. En 1884 se recibió de médico en la Universidad de Moscú, pero siempre estuvo más interesado en la literatura que en la medicina. Empezó escribiendo narraciones en las que predominaba el humor, y las publicó en el libro *Relatos de Motley* (1886). Desde entonces continuó produciendo una extensa serie de relatos breves que fueron recogidos en diversos volúmenes. Alternó esta modalidad literaria con la dramaturgia; entre sus obras de teatro de más renombre se encuentran *La gaviota* (1896), *El tío Vania* (1897), *Las tres hermanas* (1901) y *El jardín de los cerezos* (1904).
El delicado humorismo de Chéjov está siempre teñido de una suave ironía, una suerte de sonrisa amable y comprensiva ante las debilidades y limitaciones del ser humano.
Murió en julio de 1904 en la Selva Negra, Alemania.

Juan Forn nació en noviembre de 1959 en Buenos Aires. Publicó las novelas *Corazones cautivos más arriba* (1987), *Puras mentiras* (2001) y *María Domecq* (2007); el libro de cuentos *Nadar de noche* (1991), y *Buenos Aires. Una antología de nueva ficción argentina* (1993).
En 1994 fue invitado por el Woodrow Wilson International Center (Washington, DC) para terminar su novela *Frivolidad*, luego publicada en 1995.

Trabajó quince años como editor en Emecé y Planeta. En 1996 creó el suplemento Radar Libros de *Página/12* y en 2005 reunió en *La tierra elegida* sus mejores crónicas periodísticas.

Carlos Fuentes nació en 1928. Connotado intelectual y uno de los principales exponentes de la narrativa mexicana, es autor de una vasta obra que incluye novela, cuento, teatro y ensayo. Ha recibido numerosos premios, entre ellos los siguientes: Premio Biblioteca Breve 1967 por *Cambio de piel.* Premio Xavier Villaurrutia y Premio Rómulo Gallegos por *Terra nostra.* Premio Internacional Alfonso Reyes 1979. Premio Nacional de Ciencias y Artes en Lingüística y Literatura 1984. Premio Cervantes 1987. Orden de la Independencia Cultural Rubén Darío, otorgada por el gobierno sandinista, 1988. Premio del Instituto Ítalo-Americano 1989 por *Gringo viejo.* Medalla Rectoral de la Universidad de Chile, 1991. Condecoración con la Orden al Mérito de Chile, en grado de Comendador, 1993. Premio Príncipe de Asturias 1994. Premio Internacional Grinzane Cavour 1994. Premio Picasso, otorgado por la UNESCO, Francia, 1994. Premio de la Latinidad, otorgado por las Academias Brasileña y Francesa de la Lengua, 2000. Legión de Honor del gobierno francés 2003. Premio Roger Caillois 2003. Premio Real Academia Española 2004 por *En esto creo.* Premio Galileo 2000, Italia, 2005. Gran Cruz de la Orden de Isabel la Católica 2008. Premio Internacional Don Quijote de la Mancha 2008.

Francis Bret Harte nació en 1836 en Nueva York (Estados Unidos). Tras perder a su padre, en 1853 se muda a California, donde desempeña múltiples actividades. Sus primeros relatos fueron publicados por la revista *The Californian.* Su prestigio declinó al trasladarse a Boston, donde su obra no tuvo tanta aceptación. Notable también fue su tarea como periodista. En su colección de poemas (*Poems*, 1871) captó la esencia de su lugar y su tiempo en la historia norteamericana. Pintor de la gente común, atraído por los personajes marginales de su entorno, forjó la iconografía del Lejano Oeste (*Far West*), que luego se consagraría en el cine. En 1878, Bret Harte fue nombrado cónsul en Alemania. En 1885 se radicó en Londres. Murió en Gran Bretaña, en 1902.

Nathaniel Hawthorne nació en Salem (Estados Unidos) en 1804. Tanto su vida como su obra se vieron marcadas por la tradición calvinista. Su temprana vocación literaria lo obligó a afrontar numerosos problemas económicos, ya que sus obras no le daban lo suficiente para vivir. Su primera novela, bajo la influencia del romanticismo europeo, fue *Fanshawe* (1928). Entre 1837 y 1842 publicó los *Cuentos narrados dos veces* y, luego, la colección de cuentos *Musgos de una vieja rectoría* (1846), que incluye el famoso relato *La hija de Rappaccini*. En 1846 compuso su obra más célebre, *La letra escarlata* (1850), y, un año después, *La casa de los siete tejados*. En 1853 fue nombrado cónsul en Liverpool, hecho que le permitió recorrer Europa. Durante un viaje a Italia comenzó a escribir su última novela, *El fauno de mármol* (1860). Murió en 1864, en Plymouth, New Hampshire.

Don Juan Manuel nació en Escalona (España) en 1282. Sobrino de Alfonso X el Sabio, heredó el título de Adelantado del reino de Murcia y participó activamente en las luchas políticas de su tiempo. En 1325 habría compuesto el *Libro de caballería* y al año siguiente, el *Libro del caballero y el escudero*. Luego escribe el *Libro de los Estados* (entre 1327 y 1332), adaptación de la leyenda medieval de Barlaam y Josafat. Entre 1330 y 1335 redacta su obra más importante: *El conde Lucanor*. Estos cuentos, basados tanto en fuentes orientales (sobre todo las colecciones de apólogos del Sendebar y el *Calila e Dimna*) como cristianas (la *Disciplina clericalis* de Pedro Alfonso), tienen una clara intención moralizante. Otras obras del autor son el *Libro de la caza* y la *Crónica* *abreviada* (1337), el *Tratado de las armas* y el *Tratado de la beatitud* (1342) y el *Libro de los Castigos* (1344). Preocupado por la transmisión de su obra, depositó todos los originales en el monasterio de los Frailes Predicadores de Peñafiel, donde también está su sepultura (1348).

Clarice Lispector nació en Ucrania en 1926, pero al poco tiempo su familia se trasladó al Brasil. Desde joven trabajó como periodista y vivió alternativamente en diversos países: Italia (donde fue testigo directo de la Segunda Guerra Mundial), Suiza, Estados Unidos. Finalmente se radicó en la ciudad que hizo suya: Río de Janeiro. Es considerada como una de las grandes narradoras de la literatura brasileña.

Entre sus obras se destacan las novelas *Cerca del corazón salvaje* (1943) y *La manzana en la oscuridad* (1961), con la que despertó el interés de la crítica; luego vendrían *La pasión según G. H.* (1963) y *Aprendizaje o el libro de los placeres* (1969), los libros de relatos *Algunos cuentos* (1953), *Lazos de familia* (1960) y *La legión extranjera* (1964).

Algunos meses después de publicar su novela *La hora de la estrella,* murió en Río de Janeiro (1977).

Katherine Mansfield, seudónimo de Kathleen Beauchamp, nació en 1888 en Wellington, Nueva Zelanda, en el seno de una familia colonial de clase media. Desde muy joven se instaló en Londres para dedicarse a escribir. Tras una desdichada experiencia matrimonial en 1909, vivió durante un tiempo en Alemania. En 1911 comenzó una relación con el socialista y crítico literario John Middleton Murry, con quien se casaría unos años después.

Sus cuentos son testimonio de las nuevas formas literarias que habrían de nacer con el siglo xx. Sus narraciones están basadas en trozos de vida cotidiana sutilmente irónicos y, sin embargo, compasivos.

Mansfield solo publicó tres libros de cuentos en vida: *En una pensión alemana* (1911), *Éxtasis* (1920) y *Fiesta en el jardín* (1922). Los demás fueron editados póstumamente por su marido, al igual que sus poemas, diarios y cartas. Enferma de tuberculosis, murió el 9 de enero de 1923, en Francia.

Guy de Maupassant nació en 1850, en el castillo de Miromesnil (Francia) y estudió en Yvetot y Ruán. Fue Flaubert —amigo de un tío— quien le impartió las primeras lecciones acerca del arte de escribir. Adquirió notoriedad con "Bola de sebo" (1880), incluido en el volumen colectivo, preparado por Émile Zola, *Las veladas de Medán*. Desde entonces dio a la imprenta centenares de cuentos, entre los que se destacan *La señorita Fifí* (1882) y el famoso *La dote* (1884). Es también autor de las novelas *Una vida* (1883), *Bel Ami* (1885), *Pedro y Juan* (1888), *Fuerte como la muerte* (1889) y *Nuestro corazón* (1890). El conjunto, además de su calidad literaria, es un fascinante testimonio de las costumbres y prejuicios de su época, que Maupassant denuncia con sutiliza no comprometida. Además, también se destacaría con relatos fantásticos y de terror como *El Horla* (1887). La sífilis lo arrastró a la locura y en 1892 intentó suicidarse. Murió al año en un asilo para alienados en París.

Rosa Montero nació en Madrid en 1951. Estudió Letras y Psicología, además de colaborar con grupos de teatro independiente como Tábano y Canon. Ha publicado en diversos medios de comunicación y desde 1976 trabaja exclusivamente para *El País*. En 1980 ganó el Premio Nacional de Periodismo por sus reportajes y artículos literarios.
Es autora de las novelas *Crónica del desamor* (1979), *La función Delta* (1981), *Te trataré como a una reina* (1983), *Amado amo* (1988), *Temblor* (1990), *Bella y oscura* (1993), *La hija del caníbal* (Primer Premio Primavera 1997), *El corazón del Tártaro* (2001),

Historia del Rey Transparente (2005) e *Instrucciones para salvar el mundo* (2008). También ha publicado los libros de cuentos *Amantes y enemigos* (1998), *La loca de la casa* (2003), y varios títulos vinculados con el periodismo.

Augusto Monterroso nació en Tegucigalpa, Honduras, en 1921, pero su nacionalidad es guatemalteca. En 1941 publicó sus primeros cuentos, mientras luchaba contra la dictadura de Jorge Ubico. Llegó a México en 1944 como exiliado político y desde entonces se incorporó de lleno a la vida cultural de ese país, en el que realizó toda su obra. Con un estilo conciso, un humor punzante y una brevedad proverbial, es considerado el máximo exponente en las letras hispánicas del relato corto o microrrelato. Fue miembro de la Academia Guatemalteca de la Lengua Española y Doctor Honoris Causa por la Universidad de San Carlos de Guatemala. Además de estos reconocimientos, obtuvo el Premio de Literatura Latinoamericana y del Caribe Juan Rulfo 1996, Premio Nacional de Literatura de Guatemala 1997 y el Príncipe de Asturias de las Letras 2000. Entre sus obras se destacan *La Oveja Negra y demás fábulas* (1969), *Movimiento perpetuo* (1972), la novela *Lo demás es silencio* (1978), *La palabra mágica* (1983), *La letra e* (1987) y *Literatura y vida* (2003). Murió en México D.F. en 2003.

Alberto Moravia, pseudónimo de Alberto Pincherle, nació en Roma en 1907. Una enfermedad infantil lo llevó a permanecer recluido en los años de la adolescencia y durante ese reposo forzado leyó intensamente. Publicó en 1929 su primera gran novela, *Los indiferentes*. Su compromiso político lo plasmó en una sátira antifascista, *La mascarada* (1941), que lo obligó a huir de Roma. A su regreso comenzó a colaborar con diversos periódicos y la popularidad de sus artículos lo convirtió en una figura central de la cultura italiana de las décadas de los cincuenta y sesenta.

Entre sus novelas se destacan *La romana* (1947), *La desobediencia* (1948), *El conformista* (1951), *El desprecio* (1954) y *La ciociara* (1957) y, entre sus relatos, *Cuentos romanos* (1954) y *Nuevos cuentos romanos* (1960). Con *El aburrimiento* (1960) retomó sus temas de siempre: el aislamiento, la soledad y la frustración. En 1984 fue elegido diputado del Parlamento Europeo. Murió en su ciudad natal en 1990.

Liev Nikolaiévich Tolstoi, conocido como León Tolstoi, nació el 9 de septiembre de 1828 en Yásnaia Poliana, al sur de Moscú. Huérfano a los nueve años, se crió con parientes en un ambiente religioso, y se educó con tutores franceses y alemanes, figuras frecuentes en la Rusia zarista. Fue integrante del ejército ruso y actuó como oficial en la guerra de Crimea, de donde extrajo temas para las obras *Sebastopol* (1856) y *Los cosacos* (1863).

Considerado uno de los mejores escritores de su país, al terminar de componer sus novelas *Guerra y paz* (1869) y *Ana Karenina* (1877), se impuso dejar de escribir todo aquello que no fueran ensayos de ética. Afortunadamente, no pudo mantener siempre esta promesa, y añadió a su producción obras exquisitas, libres de moralización premeditada, como *La muerte de Iván Illich* (1886).

Hacia el final de su vida, ya octogenario, abandonó su hogar y fue rumbo al monasterio al que nunca llegaría, dado que murió en la sala de espera de una estación de ferrocarril, en Astapov, el 20 de noviembre de 1910.

Fuentes

Alas, Leopoldo: "La imperfecta casada". En *Cuentos completos/2*, Madrid, Alfaguara, 2000.

Anderson, Sherwood: "La muerte". En *Winesburgo, Ohio*. Colección Crisol Nº 257, Madrid, Aguilar, 1961. Traducción de Armando Ros.

Benedetti, Mario: "Los pocillos". En *Cuentos completos*, Buenos Aires, Seix Barral, 1994.

Boccaccio, Giovanni: "La dama doblemente traicionada". En *El rubí del arzobispo y otros relatos*, Buenos Aires, Relato Corto Aguilar, 1996. Traducción de Ernesto Alberola.

Chéjov, Antón: "Una 'Ana' colgada al cuello". En *Cuentos*, Madrid, Aguilar, 1990. Traducción de E. Podgurski y A. Aguilar.

Forn, Juan: "El karma de ciertas chicas". En *Nadar de noche*, Buenos Aires, Emecé, 2008.

Fuentes, Carlos: "Calixta Brand". En *Inquieta compañía*, Buenos Aires, Alfaguara, 2003.

Harte, Francis Bret: "Una noche en Wingdam". En *Cuentos del oeste*, Buenos Aires, Centro Editor de América Latina, 1971. Traducción de D. E. de Vaudrey y D. F. de Arteaga.

Hawthorne, Nathaniel: "Wakefield". En *El libro de los autores*, Buenos Aires, Ediciones de la Flor, 1967. Traducción de José Bianco.

Don Juan Manuel: "De lo que sucedió a un joven que se casó con una mujer violenta y de mal carácter". En *El Conde Lucanor (Selección)*, Buenos Aires, Editorial Kapelusz, 1970. Revisión del texto: Frida Weber de Kurlat.

Lispector, Clarice: "La imitación de la rosa". En *Cuentos reunidos*, Madrid, Alfaguara, 2002. Traducción de Cristina Peri Rossi.

Mansfield, Katherine: "El día del señor Reginald Peacock". En *Dicha y otros cuentos*, Buenos Aires, Centro Editor de América Latina, 1980. Traducción de Mirta Rosenberg.

Maupassant, Guy de: "Mi mujer". En *Oeuvres Complètes*, París, Louis Conard, Libraire-Éditeur, 1929. Traducción de Julia Saltzmann.

Montero, Rosa: "Las bodas de plata". En *Amantes y enemigos. Cuentos de parejas*, Madrid, Punto de Lectura, 2006.

Fuentes

Monterroso, Augusto: "Movimiento perpetuo". En *Movimiento perpetuo*, Madrid, Suma de Letras S.L., 2000.

Moravia, Alberto: "No ahondes". En *Racconti romani*, Roma, Bompiani, 2001. Traducción de Mónica Herrero.

Tolstoi, León Nikolaiévich: "Pobres gentes". En *Obras Completas, Tomo IV*, Madrid, Aguilar, 2003. Versión directa del ruso y notas por Irene y Laura Andresco.

Alfaguara es un sello editorial del Grupo Santillana

www.alfaguara.com.ar

Argentina
Av. Leandro N. Alem, 720
C 1001 AAP Buenos Aires
Tel. (54 114) 119 50 00
Fax (54 114) 912 74 40

Bolivia
Avda. Arce, 2333
La Paz
Tel. (591 2) 44 11 22
Fax (591 2) 44 22 08

Chile
Dr. Aníbal Ariztía, 1444
Providencia
Santiago de Chile
Tel. (56 2) 384 30 00
Fax (56 2) 384 30 60

Colombia
Calle 80, 10–23
Bogotá
Tel. (57 1) 635 12 00
Fax (57 1) 236 93 82

Costa Rica
La Uruca
Del Edificio de Aviación Civil 200 m al
Oeste
San José de Costa Rica
Tel. (506) 220 42 42 y 220 47 70
Fax (506) 220 13 20

Ecuador
Avda. Eloy Alfaro, 33–347
Quito
Tel. (593 2) 244 66 56 y 244 21 54
Fax (593 2) 244 87 91

España
Torrelaguna, 60
28043 Madrid
Tel. (34 91) 744 90 60
Fax (34 91) 744 92 24

Estados Unidos
2105 N.W. 86th Avenue
Doral, F.L. 33122
Tel. (1 305) 591 95 22 y 591 22 32
Fax (1 305) 591 74 73

Guatemala
7ª Avda. 11–11
Zona 9
Guatemala C.A.
Tel. (502) 24 29 43 00
Fax (502) 24 29 43 43

México
Avda. Universidad, 767
Colonia del Valle
03100 México D.F.
Tel. (52 5) 554 20 75 30
Fax (52 5) 556 01 10 67

Paraguay
Avda. Venezuela, 276,
entre Mariscal López y España
Asunción
Tel./fax (595 21) 213 294 y 214 983

Perú
Avda. San Felipe, 731
Jesús María
Lima
Tel. (51 1) 218 10 14
Fax (51 1) 463 39 86

Puerto Rico
Avda. Roosevelt, 1506
Guaynabo 00968
Puerto Rico
Tel. (1 787) 781 98 00
Fax (1 787) 782 61 49

República Dominicana
Juan Sánchez Ramírez, 9
Gazcue
Santo Domingo R.D.
Tel. (1809) 682 13 82 y 221 08 70
Fax (1809) 689 10 22

Uruguay
Blanes, 1132
11200 Montevideo
Tel. (598 2) 410 73 42

Venezuela
Avda. Rómulo Gallegos
Edificio Zulia, 1° - Sector Monte Cristo
Boleita Norte
Caracas
Tel. (58 212) 235 30 33
Fax (58 212) 239 79 52

Este libro se terminó de imprimir
en el mes de marzo de 2010,
en los Talleres de Pressur Corporation S.A.,
Colonia Suiza, Uruguay.